022
U0075223
REKI KAWAHARA abec bee-pee
SWORD ART ONLINE
kiss and fly
SAO
SWORD ART ONLINE

「……你……你們也跑來這裡的話
就沒意義了吧！」
亞魯戈§
艾恩葛朗特裡神出鬼沒的「情報販子」。
敏捷度相當高，擅長的武器是爪子。
通稱「老鼠亞魯戈」。
「午安。好久不見了。」

「嗯……感……覺得到……」
亞絲娜 §
桐人的戀人。在「ALO」裡
是水精靈族的魔法師，但是凌厲的
細劍技術不輸給「SAO」時代。
「這樣啊……果然BSIS的訊號等級是
沒有問題……」
桐人 §
救出被囚禁在死亡遊戲
「SAO」裡眾多玩家的「黑衣劍士」。
「ALO」內是使用守衛精靈的虛擬角色。

「……放心吧……！
我絕不會放手……！」

「對啊哥哥，
那根大概是
不能抓的樹枝啦！」
莉法
桐人的妹妹。本名是直葉。
以風精靈族魔法戰士的
身分活躍於「ALO」當中。
「快放手啊，桐人！」
莉茲貝特
在「SAO」裡鍛造出桐人手中
長劍的少女。身為小矮妖族的她
在「ALO」內經營武器店。
「那個，桐人……
總覺得好像會遭天譴……」

「我……我只是在前面揮動刀子，
全是靠姊姊配合我的時機……」
有紀§
由那充滿威脅性的凌厲劍路而被稱為
「絕劍」的玩家。和蘭、梅利達一起組成
「沉睡騎士」。
「我只是在後面使用法術而已，
而且可以看見有紀的動作……」
蘭§
和有紀同一天生的雙胞胎姊姊。
公會「沉睡騎士」的初代會長。

「妳們兩個太有默契了！」
梅利達 §
「沉睡騎士」的成員。
邀請有紀和蘭一起玩
VRMMORPG「飛鳥帝國」。

## 傳說級武器

據說「ALfheim Online」的每個伺服器裡只存在一把的最強武器。目前確認的「傳說級武器」有「斷鋼聖劍」、「魔劍瓦蘭姆」、「靈刀迦具土」、「光弓神輝」、「雷槌妙爾尼爾」等。

## 世界樹之頂

「傳說級武器」之一，是桐人折斷世界樹頂端的樹枝後帶回來的物品。外表雖然只是長一公尺半左右的普通細長樹枝，但被分類為「雙手法杖」，而且具備足以稱為「傳說級武器」的性能。在原作小說第八集收錄的〈斷鋼聖劍〉等今後的阿爾普海姆冒險中，將成為治療術師亞絲娜的主武器。

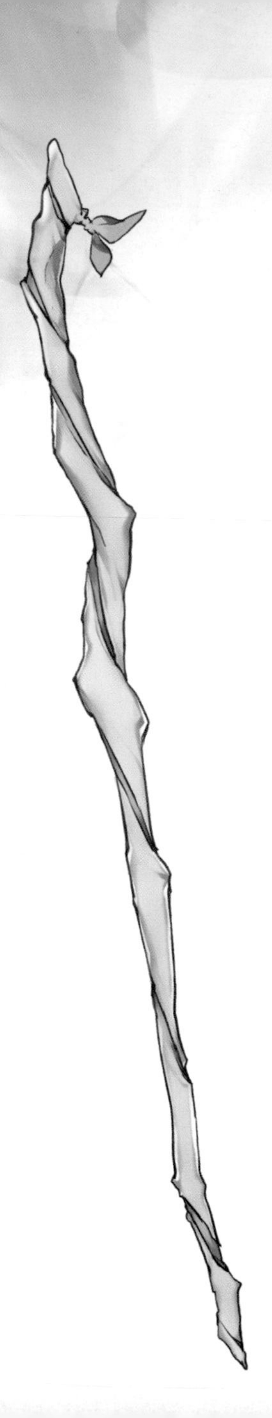

「這雖然是遊戲，
但可不是鬧著玩的。」

——「SAO刀劍神域」設計者．茅場晶彥——

SWORD ART ONLINE
kiss and fly

REKI KAWAHARA

abec

bee-pee

# *The day before*

§ 艾恩葛朗特第二十二層
二〇二四年十月

1

艾恩葛朗特標準時間，二〇二四年十月二十三日晚上九點。

我這個等級96的單手劍使桐人向等級94細劍使亞絲娜求婚，並且獲得同意。

當然是僅限於Sword Art Online刀劍神域這款ＶＲＭＭＯＲＰＧ的世界當中。現實世界的我和亞絲娜甚至沒有見過面，而且我根本就還沒有到達法定結婚年齡——亞絲娜可能有點微妙就是了。

我不知道首次採用「結婚系統」的是哪一款遊戲，但是遠從二十年前開始，ＭＭＯ世界的角色之間可以結婚就變成主流的情形了。由於大部分的遊戲裡成為「夫婦」的角色都能獲得某種特典，所以有許多人都是因此而結婚，當然也有認真作為角色扮演的一環而結婚的玩家，當中甚至有因為遊戲內的婚姻成為契機，最後在現實世界也共結連理的例子。先說這只是我個人的想像，假如對全世界的ＭＭＯ玩家做「有無遊戲內結婚經驗」的問卷調查，有結婚經驗者應該會超過五成吧。

但很遺憾的是（不知道可不可以這麼說就是了），我在至今為止玩過的ＭＭＯＲＰＧ當中都沒有跟任何人結過婚。

理由是——嗯，是因為我與他人之間的溝通技能低落的緣故，不過也跟我完全不知道該如何面對「遊戲內的結婚」有關係。假設我這個名為桐谷和人的玩家所操縱的男性虛擬角色Ｋｉｒｉｔｏ，與世界上某個實際存在的女性或者男性玩家（可能性相當大）所操縱的女性虛擬角色Ｄａｒｅｋｏ（假定）結婚，那我只要把那個某小姐當成永久固定小隊成員就可以了嗎？還是需要做出愛著某小姐這樣的角色扮演？又或者是——必須意識到某小姐後面那個活生生的某個人呢……？

老實說，在ＳＡＯ之前玩過的遊戲裡，也不是沒有被登錄為朋友或者公會成員的女性角色提出「我們結婚吧」的邀約。但是每次遇見這種情形，我都在螢幕前面流著冷汗並且僵住，給對方留下相當尷尬的回憶。

連我自己都覺得實在太緊張、太多慮、太膽小了。

但是，我沉溺在ＭＭＯ遊戲裡的理由本來就是那是個假想的世界。所有虛擬角色後面都存在性別、年齡無法特定的陌生玩家。所以思考「這個人究竟是誰」也沒有用。因為包含我在內，所有角色都不是真正的那個人。

只不過對我來說，「結婚」這個系統與我對結婚的認識產生了正面的衝突。就算只是在遊戲裡結婚，但只要和某個人有了特別的關係，無論如何就是對在現實世界操縱滑鼠、敲打鍵盤的「某個人」感到在意。

因此我一直避諱與網路遊戲內的某個人組成永遠的搭檔，當然在這款異常的死亡遊戲Sword Art Online刀劍神域應該也是一樣。不對，由於這裡虛擬角色的容貌與肉身完全相同，所以我可能跟別人保持了更遠的距離。

但是慢慢融解我這種不自然的感覺——或者可以說是讓恐懼變小，最後終於消失的人就是亞絲娜。

死亡遊戲開始後過了兩年左右，她雖然經常因為狀況而改變立場，但從來沒從我的視界中消失。一開始是暫時的小隊成員，之後即使她隸屬於公會血盟騎士團也還是攻略組的同伴。有時候會一起調查不可思議的圈內殺人事件，又有時候會替我烹煮Ｓ級食材道具。經過和這樣的亞絲娜交流，我學到了一件事。

在這個世界——以及現實世界，說不定在ＳＡＯ之前玩過的所有非完全潛行型ＭＭＯ遊戲也是如此，眼前的某個人是不是真正的那個人都是由我自己來決定。懷疑並且與其保持距離，那個人就會變成冒牌貨；相信並且靠近，那個人就是真貨。

現在，名為亞絲娜的劍士就在我眼前。

和她在一起就很快樂。戰鬥、歡笑、鬧彆扭的亞絲娜都能喚起我內心強烈的感情。希望她

能一直待在我身邊，也希望能跟她有確切的連結。看著亞絲娜的時候，我已經完全不會去想這個人究竟是誰了。

所以我才會向亞絲娜求婚。

老實說，並非所有的迷惘都已消失無蹤。渴望亞絲娜的這種心情究竟是不是所謂的「愛情」，關於這一點我也還無法確定。總是會忍不住去想，在現實世界一直和家人保持距離，來到這個世界後也執著於獨行的我真的有愛人的心嗎？

但我覺得只要跟亞絲娜在一起，終究會找到這個最後問題的解答。

——到這裡就是現在的我終於摸索出的「ＳＡＯ裡關於結婚的精神面」。

另一方面，即使是遊戲世界，既然結婚了，物質面當然也一定會存在。具體來說就是新居該怎麼辦。

結婚後當然是要住在一起，但這個時候，我在第五十層主街區阿爾格特的巷弄裡的狗窩就不用說了，亞絲娜在第六十一層賽爾穆布魯克的公寓也有點狹窄。而且除了面積之外，還有其他原因也讓我們無法繼續住在至今為止的住處。

公會「血盟騎士團」副團長——「閃光」亞絲娜現在可以說是最大最強的偶像玩家。

在情報販子發行的報紙裡，所有玩家的人氣投票永遠是第一名，甚至存在複數粉絲俱樂部，聽說某大型連鎖雜貨店對她提出了ＣＤ，不對，應該是ＲＣ（錄音水晶）出道的提案，結果被用細劍抵住然後落荒而逃。

想到死亡遊戲初期她經常罩著連帽斗篷的「小紅帽」時代，就會有種恍如隔世的感覺，總之像這樣的偶像一旦結婚的消息曝光，各家報紙一定會大肆報導。

許多粉絲會嘆息、傷心，最後這些能量將轉變成詛咒屬性的攻擊，讓身為結婚對象的我幸運值一路降到負數——就算先不管這件事，到時候採訪之類的事情一口氣湧至，我們根本就沒辦法過新婚生活，所以盡可能想隱瞞已經結婚的事實。

當然，因為已經把消息告訴她諸多的朋友以及我少數的友人，所以不可能長期保持祕密，不過真要說起來，我們也沒有立場一直沉浸在蜜月的氣氛裡。打倒七十四層的樓層魔王「閃耀魔眼」後才過了四天，應該還要一點時間才能發現目前最前線第七十五層的魔王房間。但是迷宮區的地圖拓展也就算了，我和亞絲娜一定得參加魔王戰。

因此在那之前有十天左右……不對，是兩個星期左右的空檔……可以的話，必須想辦法找到能讓兩個人度過安穩時光的房子。

從經濟面來看，我和亞絲娜在至今為止的遊戲中所累積的道具群裡，把大部分目前不需要的物品賣掉換成珂爾的話，應該還勉強足以買下圈內……也就是城牆內側的獨棟房子。但是在那種地方購買新居的話，當天就會被情報販子發現了。最理想的是——在早就被攻略下來，幾乎沒有玩家會來的樓層裡面，而且是建在角落，雖然不起眼但還算寬敞的房子。

雖然是很嚴苛的條件，不過在求婚之前我就看好理想的物件了。

艾恩葛朗特第二十二層還是最前線已經是遠在一年半前的事情了。因為是低樓層所以面積相當大，整層幾乎都是深邃的森林、草原以及湖泊這種美麗又沒有高低起伏的地形，而且沒有什麼大不了的任務與練功區魔王。攻略組玩家們從主街區高拉爾村一直線就能到達迷宮區，衝上難易度不高的迷宮塔，以低於平均天數相當多的速度打倒了魔王。現在來到第二十二層的玩家，大概就只有以大小湖泊為目標的釣客以及收集木材的木工匠而已。

雖然我也有很長一段時間沒有到那裡去，但不知道為什麼就是有一幅光景讓我難以忘懷。

那是擊敗第二十二層魔王當天，想要盡可能消化在高拉爾村承接的任務而一個人到處奔走的時候。

我在清澈的湖畔，發現了一條不靠近就無法發現的小徑。雖然和任務似乎沒什麼關聯，但是在無意識中順著那條小徑往前走，最後在爬上山丘後的盡頭處發現一棟以深邃針葉樹森林作為背景的圓木屋悄悄矗立在那裡。

作為牆壁的圓木到處都是青苔，屋頂上雖然伸出兩三根新枝，不過完全沒有腐朽的感覺。反而完全融入周圍自然的環境當中，讓人有種宛如精靈族房子的美感。

我靜靜打開木製的閘門（既然能夠這麼做就知道不是其他玩家的房子），以搜敵技能確認內部（發現無人時就知道也不是ＮＰＣ的家），靠近到正面露臺時才終於發現門把上掛著「Ｆ

OR SALE」的木牌。

尚未到達40級的我，指著木牌上售價的位數算了一下，然後嘆了一口氣，依依不捨回頭看了好幾次才離開現場。而且還邊走邊幻想著有一天會有足以買下這間房子的珂爾塞滿道具欄。

實際上，突破五十層然後升上70幾級時稍微努力一下或許就可以買下來。但是身為攻略組，實在無法把距離最近的轉移門單程就要二十分鐘的房子當成攻略據點。結果我就把據點設在第五十層的主街區阿爾格特，到前幾天都還是在那裡起居。

發現第二十二層森林裡的房子後又過了一年半——

下定決心向亞絲娜求婚，思考新居該怎麼辦時，我的腦袋裡就率先浮現那棟圓木屋。也覺得它就是唯一的選擇了。

我首先提出那棟圓木屋的情報來作為求婚的開頭，接著提案搬家到那裡，最後說出「我們結婚吧」。

我內心覺得，亞絲娜之所以毫不猶豫就回答「好的」，可能多少也受到了那間房子的保佑。

2

事情就是這樣。

求婚的隔天，十月二十四日，下午兩點過後。我和亞絲娜一起來到第二十二層。

趁昨天前往第五十五層格朗薩姆的血盟騎士團本部，兩個人一起提出了暫時退團申請。雖說只是暫時，但系統上還是確實脫離了公會，所以兩個人的顏色浮標上已經沒有公會的紅色十字標幟。

離開主街區高拉爾村的轉移門後，首先朝西南方的某座大湖泊走去，然後我就隨口對身邊的亞絲娜問道：

「那個，亞絲娜加入KoB多久了？」

「嗯……」

細劍使搖晃著栗色長髮並微微歪著頭說：

「我記得是去年二月接到團長的邀約……已經過了一年多了吧。因為是第二十五層的魔王戰剛結束時的事情……」

「這樣啊……ＫｏＢ是在『軍隊』半毀不久後組成的吧……」

我稍微瞄了一下上層的底部。

對眾攻略組玩家來說，這個閑靜的樓層僅僅往上三層的艾恩葛朗特第二十五層是繼第一層之後的真正試煉。

離開主街區後馬上就有即使跟第二十四層相比也異常強大的怪物阻擋去路，練功區的地形宛如迷宮般複雜，就連要前往下一座城鎮的路上都出現了數名死者。給予情報的ＮＰＣ數量稀少，相對地有許多毒沼澤、落穴等地形陷阱，好不容易踏遍樓層到達迷宮塔時，攻略組成員已經是疲憊不堪。

這時候不甘示弱而奮力鼓舞大家的是率領公會「艾恩葛朗特解放隊（ALS）」——沒錯，當時還不是「解放軍」——名為牙王的玩家。被他以關西腔不斷地刺激後，每個人都浮現「這個臭傢伙！」的心情，然後趁勢站起身子。

但是當時無疑是整個攻略組領袖的牙王在面對第二十五層的樓層魔王戰時，被某人流出的假情報所騙。光以不滿一支聯合部隊的四十數名公會成員就先行闖入了魔王房間。結果解放隊半數以上的成員死亡……這時候包含我和亞絲娜在內的攻略組主力才終於追上來，在我們也犧牲了不少成員的情況下，好不容易打倒凶惡的魔王。

但是勝利後沒有任何人能因為超越艾恩葛朗特的四分之一地點感到開心。因為牙王充滿怨

嘆的吼叫聲響徹了整個魔王房間。

他在那裡與攻略組分道揚鑣，帶著存活下來的夥伴前往遙遠下方的第一層。然後與在起始的城鎮活動的互助組織「MMO Today」會合——最後從這樣的大集團裡誕生出「軍隊」這個組織。

「……那個時候攻略組全體都陷入超級絕望的氣氛當中……在最前線戰鬥的人數突然變成三分之二，而且那可能還是某個人所設下的陷阱，所以說起來也是理所當然會出現的情形……第二十六層的首次練功區魔王攻略會議時，大家都是一臉陰暗的表情……但這個時候新成立的公會KoB就氣勢磅薄地闖進來。所有人都穿著紅色與白色的客製裝備，給在場者相當強烈的衝擊……」

我一邊走在湖畔，一邊斷斷續續地說出當時的回憶。不過因為身邊顯得特別安靜，我便往旁邊瞄了一眼，結果發現亞絲娜不知道為什麼臉頰微紅並且稍微把頭別到一邊去。我內心浮現「哈哈」的想法，然後繼續說下去。

「……尤其是站在集團前頭的副團長大人，讓眾人……我和克萊因也就算了，竟然連艾基爾都看得入迷了。和之前樸素的裝備完全相反，穿著純白無袖騎士服與鮮紅迷你裙，再加上致命的白色過膝襪……那個瞬間，該怎麼說呢，攻略組原本快四分五裂的心又重新凝聚……」

「咚滋！」一聲，左肩受到幾乎快產生傷害的打擊屬性攻擊襲擊，讓我的發言為之中斷。

一看之下，那個副團長大人本人正滿臉通紅緊握右拳。

「真是的！那個時候真的覺得很害臊！我認為當然應該由團長站在最前面，但他還是跟平常一樣一臉認真地說『由亞絲娜站在前頭才能期待帶來更多效果』，所以我才會自暴自棄地站出去！」

「這……這樣啊……話說回來——那個裝備當然是訂製的吧？是誰設計的呢？」

「…………聽說是除了我之外的公會幹部，在瞞著我的情況下開了好幾次祕密設計會議。一開始拿給我看時，我冷冷地回答『我沒辦法穿這種東西！』，結果大善先生噙著眼淚跟我說『妳知道光是這套裝備就花了多少費用嗎！』，我才會自暴自棄地穿上……」

「……原……原來如此。」

現在的最強公會——血盟騎士團雖然是以鐵之紀律而聞名，但在草創時期似乎也有相當愉快的氛圍。不過當時攻略組整體的士氣確實是因為ＫｏＢ的登場而上昇，而他們在那之後也一直站在死亡遊戲的最前線——現在這個瞬間，身穿紅白色裝備的小隊一定也在剛開通的第七十五層進行著激烈的戰鬥……

這時我再次瞄了一眼上層的底部。結果光是這個動作，亞絲娜似乎就看透了我內心的想法。她鬆開右手，一邊溫柔地握住我的左手一邊說：

「桐人幾乎是獨自打倒了第七十四層的魔王。當時你的ＨＰ條只剩下最後的兩三點像素而

已。暫停攻略稍微休息一下，其他人也不會有怨言喔。」

「……休息的理由被發現的話，所有人就會瘋狂抱怨了吧。」

在混雜著笑聲的情況下如此回答後，我也回握住亞絲娜的手。副團長大人露出不知該生氣還是該害羞的表情後，發出「呵呵」的簡短笑聲。

沿著直徑一公里左右的廣大湖泊繞了半圈，就看到一棵特別高大的杉樹——應該說很像的針葉樹聳立在前面。仔細觀看粗大的根部附近，就能發現一條羊腸小徑從湖畔的大路往西南方向分岔出來。

「……你發現這條小路？你還是一樣很擅長發現這種隱藏路線耶。」

把這種感想當成是稱讚之後，我就挺起胸膛說：

「我當時還沒取得搜敵技能的『探知』Ｍｏｄ，所以是光靠眼睛和第六感發現的喲。爬上那座山丘後，馬上就能看見房子了。」

結果這次換成亞絲娜的臉龐瞬間綻放出光芒。

「不知道是什麼樣的房子，真令人期待！快點走吧！」

「…………那個，亞絲娜小姐，那真的是再普通不過的圓木屋，還是不要抱有太大的期待比較好……」

「住在圓木屋是我從小的夢想嘛。只要有壁爐和搖椅，我就非常滿足了！」

我加快腳步追上嘴裡邊這麼說邊快步爬上山丘的亞絲娜。搖椅在家具行就能買得到，不過我實在不記得裡面有沒有壁爐了。不對，都到這種地步了，不可能會沒有。我在一年半前發現這棟圓木屋就是為了今天。如果這是命運的引導，那麼裡面一定會有壁爐才對。

我祈禱著圓木屋的屋頂設有煙囪，然後在晚亞絲娜幾秒的情況下爬上山丘。站到默默直立在該處的亞絲娜身邊，瞪大雙眼來尋找煙囪。

——但是……

沒有。

我指的不是煙囪。

我們眼前那一片覆蓋在草地下的圓形空間裡，沒有任何種類的人工物件……也就是不存在房屋這種建築物。

3

我弄錯地點了。

由於這應該是最合理的解釋，於是我便向亞絲娜道歉並走下山丘，然後花了兩個小時探索周邊的練功區。

但是不要說圓木屋了，就連新分岔出去的小徑都沒發現。我沮喪地再次爬上最初的山丘，再次環視著周邊的地形。

「…………果然是這裡，絕對不會錯……」

嘴裡無意識中發出這樣的聲音。

寬廣且長滿草皮的庭院（現在沒有房子所以只是普通的空地），其後方那一整片蒼鬱的針葉樹森林，森林遠方屹立著支撐艾恩葛朗特外圍部的柱子，最遙遠的景色則是無垠的天空。即使過了一年半，這樣的景色還是鮮明地留在我的記憶當中。

但唯一遺憾的是，最重要的圓木屋不存在了。雖然覺得不可能，但我還是試著踏入空地並走到正中央，但房子還是沒有湧出的模樣。

當我茫然呆立於該處，就有踩著草地的沙沙腳步聲傳過來，然後在我正後方停止。

我實在沒辦法回頭。我們一起搬到第二十二層的圓木屋是我求婚時的發言。現在那棟房子不存在的話，求婚本身不就變成謊言了嗎？

「亞絲娜……真的有——這裡本來真的有房子。」

依然低著頭的我無力地這麼說。

繞到正前方的亞絲娜輕拍了一下我的雙肩，然後用手掌夾住我的臉頰往上抬。栗色眼珠跟平常沒有兩樣，裡面充滿溫柔的光芒。

「那還用說嗎，我當然相信你啊。」

她隨即堅定地這麼表示，放開手並且退了幾步後又繼續說道：

「一定是系統上有什麼問題而把它撤走了。雖然很可惜，但就算沒有房子這裡也是很棒的地點，我很高興你能帶我來到這裡喔。」

綠色草地上的她拖著裙子旋轉了起來。長髮、白銀護胸以及腰上細劍「閃爍之光」劍鞘反射午後陽光的光景，美麗到似乎可以直接拿來當成遊戲ＰＶ。

——雖然不是看透我的心思，不過亞絲娜面向我停下來後，就拍了一下右腰上的腰包說：

「對了，難得有這個機會，在這裡拍張紀念照吧。我帶了拍照水晶喲。」

「嗯……嗯嗯……說得也是……」

我雖然笑著這麼回應，不過或許是從我的聲音與表情裡感覺到什麼了吧，亞絲娜的臉上浮現出擔心的神情。

「……房子不見了真的讓你受到那麼大的打擊？」

「咦，沒有啦，也不是這樣……」

雖然我水平動著臉龐與雙手，但亞絲娜臉上擔心的表情還是沒有消失。如此一來，已經不可能在內心粉飾自己的情緒，放棄掙扎的我只能點點頭。

「那個……我今天本來有一些想法。但是現在這裡沒有房子就無法成立了……」

「咦？是什麼樣的想法？」

在大大的眼睛認真凝視下實在很難做出說明，但是都已經求婚了，現在才感到害羞也沒有用。我輕咳了一聲後，首先試著從系統方面開始說明。

「那個……ＳＡＯ的『結婚』呢，以手續來說是相當簡單。從主選單移動到溝通標籤，按下在各種申請最下方的Ｍａｒｒｉａｇｅ按鍵，然後指定對象……再來就只要等對方按下ＯＫ鍵就可以了。也不用跟公所提出書面申請……」

「也不用到女方家裡去跟她的父親說『請把女兒交給我！』對吧。」

亞絲娜唐突地加進這麼一句話，讓我忍不住想像起這種強制活動（而且不知道為什麼，扮演岳父的是ＫｏＢ的團長希茲克利夫），整個背肌開始發起抖來。看見這一幕的新娘子……不對，是亞絲娜就發出輕笑，於是我便再次刻意地咳了一聲然後回歸原本的主題。

「總……總之呢！結婚的手續本身只要五秒左右就結束了，那個，該怎麼說……正因為這樣，我才會一直想要完成一個讓亞絲娜留下記憶的形式。但很可惜的是也不能盛大舉行婚禮，所以才想說至少要購買新居，然後在那棟房子前面結婚是最棒了……」

後半段有些低頭並且嘟嘟囔囔，但還是好不容易把話說完，接著我便呼出一口氣。

下一刻，我就因為受到高速擒抱而腳步踉蹌。意料之外的衝讓我從背部倒到草皮上，但亞絲娜也沒有從騎乘狀態展開拳頭攻擊，只是把身體靠在我的胸口簡短呢喃：

「…………好開心。」

「咦，沒有啦，只是臨時起意。」

「所以才開心啊。桐人如此替我著想，然後拚命地尋找我們兩個人的家。」

一看之下，在至近距離露出滿臉笑容的亞絲娜，雙眼已經微微泛著淚光。這時我的胸口也有一陣情緒湧上來，於是以雙臂抱住她纖細的身軀。

就這樣在微風吹徐的草原上擁抱了兩分鐘以上，最後耳邊又響起亞絲娜平穩的聲音。

「我已經心滿意足了。」

「咦……？」

「現在已經很幸福了。在這裡完成結婚的操作，今天就回去吧？房子再找就可以了。」

為上層底部染色的午後陽光確實已經帶著深黃色。再過一兩個小時太陽就要下山了吧。

「說得……也是。」

我在抱著亞絲娜的情況下緩緩撐起身體，然後環視針葉樹林中一大片綠色的庭園。

「蓋在雖然是圈外但不會湧出怪物，而且人煙也不多的獨棟房屋」，只要耐著性子尋找，一定還能找到其他滿足這個條件的玩家房屋才對。也有乾脆拜託情報販子亞魯戈這樣的手段。我想就連那個「老鼠」，應該也不會把我們新居的座標賣給其他人吧，大概啦。

所以正如亞絲娜所說，沒有必要執著於那棟夢幻圓木屋。這處草皮庭園就算維持現在這樣也足以讓人印象深刻，等哪一天ＳＡＯ被完全攻略了——在這裡結婚的回憶也會一直留在我和亞絲娜的記憶之中吧。

……………不過。

現在先別管這個了。我腦袋的角落一直有跟結婚無關的焦躁感盤踞著。真要形容的話，就像是記錄視窗下方，進行到一半就停滯然後直接丟著不管的未完成任務。

「……………桐人？」

突然被叫到名字，嚇了一跳的我把視線移回來。亞絲娜就在近處的臉龐，不知道什麼時候浮現出「看透一切」的表情，讓我的身體再次僵住。

「什……什麼事？」

「…………你是在想『先別管房子』了對吧？」

驚。

似乎快要露出這樣的表情，不過在千鈞一髮之際還是擺出一張撲克臉。

「咦，妳……妳在說什麼啊？」

「你想找出原本在這裡的房子消失的理由，這種小事不可能瞞得過我喲。」

——看來我沒有裝撲克臉的才能。由於學乖的我知道這時候否定也只會加深傷口，所以這次也輕輕點頭並且說：

「嗯，那個，是的……因……因為實在是太不可思議了，玩家房屋竟然會消失。剛才亞絲娜提到可能是系統上的問題，但是ＳＡＯ沒有ＧＭ，所以管理者不可能親自動手撤走房屋。就算是程式處理的結果，耐久度無限的房子應該不會腐朽才對，艾恩葛朗特也不會有地震或者森林大火……要說還能想到什麼其他的理由……嗯～…………」

由於我在講話當中就快要進入正式的推理模式，這時亞絲娜就伸出食指來嚴厲地貼在我的嘴巴上。

「好了，暫時停止！嗯……都跟你認識這麼久了。我早就學會桐人是沒辦法放著這種事情不管的人了……」

在輕聲嘆息尚未結束前，我就擅自解除了暫停。

「那……那麼，雖然是在貴重的休假當中，是不是可以讓我……稍微調查一下呢？」

亞絲娜小聲地說著「我就知道會變成這樣」、「主題整個改變了啦」等抱怨，然後才用力吸一口氣，開口宣布：

「調查期限只有今天一個晚上而已喔！」

4

配置在艾恩葛朗特各層的無數地形物件，其百分之九十九以上都擁有「不可破壞（Immortal）」屬性。除了樹木之外的自然物、以家屋與城牆為代表的人工物等等，玩家全都無法刻意加以破壞。

雖然跟迷宮內部的設計也有關，不過裡面時常會出現「能打壞的牆壁」，練功區裡偶爾也會有「能打破的岩石」與「能挖掘的地面」，不過從來沒聽說過有「能打壞的房子」。說起來，買下能夠破壞的房子那一天，就可能發生睡眠中牆壁突然開個大洞，然後大群盜賊公會的成員闖入的事件吧。又不是在演《三隻小豬》。

因此我過去發現，夢想著將來要買下來當自己家的圓木屋，首先可以排除是被玩家動手破壞的可能性。

「……嗯，我也這麼認為。」

聽我推測到這裡後，亞絲娜就點點頭並且加了一句：

「沒有發現特別技能『炒地皮』的話。」

「在……在這種地方炒地皮也沒用吧。如果是塞爾穆布魯克的湖畔也就算了。」

「啊～那邊的湖畔確實很貴。大概是我那個房間的三倍左右……不過，對了，如果沒辦法找到這裡的房子，那就在那邊蓋一棟新家吧。」

「憑……憑我的收入……可能有點……」

對鐵青著臉的我說著「開玩笑的啦」並且笑了一陣子後，亞絲娜才恢復原本的表情。她有些進入攻略組的指揮官模式，一直凝視著空地。

「那麼就排除被某個人弄壞的可能性吧……先確認一下，外牆和屋頂不包括在玩家房屋的客製化機能內吧？」

「咦……妳的意思是？」

「就是買房子後，不是會有屋主專用的客製化選單嗎？從那裡的話，可以消除設置在裡面的家具對吧？」

終於理解亞絲娜言外之意的我，點了點頭表示「原來如此」。

「這樣啊……其他的玩家買下那間房子，以客製化選項消除牆壁、屋頂和地板的可能性嗎？嗯……我只住過公寓那樣的地方，所以沒看過獨棟房子的客製化選單……」

「其實我也一樣……對了，問問看莉茲吧。」

亞絲娜迅速打開主選單，接著快速打著傳給好友鐵匠莉茲貝特的訊息。

莉茲和我也很熟，而且也是幫忙打造愛劍逐闇者的恩人，所以是少數在亞絲娜和我結婚一事通知名單上的玩家之一。今天在這裡買下房子並且結束結婚操作之後，原本預定要傳訊息給包含莉茲在內的十幾名玩家——沒想到會變成向她詢問住宅相關的問題。

回答似乎立刻就傳了回來，亞絲娜看著只有她才能看見的視窗，然後輕輕點頭說：

「外牆和屋頂果然沒辦法消除和移動。花大錢的話好像可以改變顏色或者是追加外窗、花壇這樣的選項……」

「……說是改變顏色，應該沒辦法把整棟房子變成無色透明吧。」

而且最重要的是，我和亞絲娜已經把這塊空地走遍了，也確認過沒有留下任何痕跡。真的蓋了一棟透明房子的話，我們的鼻子早就撞上去了。

「那麼……是選項的問題嗎？比如說有潛入地面的設備……之類的？」

亞絲娜這麼說著，同時還用靴子的前端戳了一下腳邊的草地，於是我便忍不住露出苦笑。

「哈哈，又不是什麼邪惡組織的祕密基地。說起來呢，要是在艾恩葛朗特的地面挖個能夠埋起整棟房子的大洞，那房子會直接掉到下一層去吧。」

「咦～那不是很棒嗎？像哈比人的家那樣。」

「那確實是在山丘側面挖掘洞穴……地下的話應該是矮人吧？對了，十幾層那邊不是有個的矮人族巨大地下城嗎？」

「我討厭那個地方。不但潮濕，又有許多蟲系怪物出沒……說起來那個地下城實際上也是

在練功區山地的內側吧。」

「那就是艾恩葛朗特在構造上的缺陷啊～因為地面的厚度有限，所以沒辦法製作作為RPG醍醐味的巨大地下迷宮。」

「那種東西沒有也沒關係啦！倒是……真的可以繼續閒聊嗎？我是覺得很開心啦。」

在亞絲娜的提醒下，驚覺過來的我立刻看向外圍部。破碎的雲緩緩流過的天空已經變成相當深的橘色。再過兩個小時太陽就要下山了吧。

「對……對喔，那個……如果不是透明化或者祕密基地化，再來就是……移動基地化？不可能，有那種選項的話就能從主街區輕鬆移動到迷宮區了……這麼說來，也不可能是空中要塞化了……」

我逐漸從推測進入妄想的發言，讓受不了的亞絲娜抬頭仰望天空。我則是與她相反，整個人深深低下頭，雙手抱胸並且拚命思考。

「不像是利用客製化機能而消失。說起來，那樣房子就已經被其他玩家買走了……果然是跟玩家沒有關係的現象嗎……」

「…………嗳。」

「如此一來……是具備地形物件破壞能力的練功區魔王……？等等，連第五十六層的『土地爬行者(GeoCrawler)』都沒辦法破壞村門了。第二十二層要是出現這麼厲害的魔王，馬上就會開始招募討伐聯合部隊了吧……」

「我說桐人啊……」

大衣的袖子被拉了兩下後，我便停止推測看向亞絲娜。

「……什麼事？」

「………那個……」

由於亞絲娜抬起戴著白色長手套的右手，我便順著她食指的延長線看去。

空地北側那棵特別大的杉樹正上方，就存在著她所指的那個物體。

輕輕飄浮在幾乎快接近上層底部的一棟房子——從地上的話因為角度的關係幾乎只能看見底部，但是由上好圓木組合起來的構造，絕對就是我在找的那棟房子不會錯了。

在我尚未因為如此簡單就找到房子而感到喜悅之前，就先對它浮遊在頭上九十公尺處而驚訝不已，這時愕然的我呢喃了一句：

「…………為……為什麼……房子會飛起來…………」

「……應該不是剛才桐人說過的……空中要塞選項吧……」

亞絲娜的話讓我凝眼望著豆粒般房子的各處，但是沒有看到裝有翅膀、氣球或者螺旋槳的模樣。

相對地，我經由技能強化過的視覺，發現了兩個之前沒有注意到的事物。

首先是房子下端有熱氣般晃動的空氣漩渦。那棟圓木屋應該是乘著「固定的龍捲風」之類的東西而飛上天了。

然後還有另一個物體。

某個人從房子的南側窗戶畏畏縮縮地探出一張臉，然後拚命對遙遠下方的我們揮手。

「有……有人！」

我用手指向該處後，亞絲娜也發出「咦」一聲並探出身體。

「真……真的耶……這種距離看不出是ＮＰＣ還是玩家……」

能夠確實辨別玩家與ＮＰＣ的外表差異就只有「顏色浮標」的顏色而已。但是距離這麼遠的話浮標不會顯示出來。

雖然還是完全搞不懂房子為什麼會飛上天，但那道人影如果不是ＮＰＣ而是玩家的話，就不能丟下他不管。因為萬一從那種高度掉下來，ＨＰ絕對會歸零。

「到……到底是哪種身分……」

在我和亞絲娜吞著大口口水仰望之下——

突然間人影縮回揮動的手，然後立刻再次伸出來。放開握在手上的某種東西，接著該物體就反射著閃亮的黃色陽光。它畫出平緩的弧形，朝著我們所在的空地落下。

「哎……哎呀……」

我往右跑四步、往前跑三步，然後雙手接住來到掉落地點的小小物體。由於亞絲娜也立刻跑過來，所以就兩個人一起窺看該物體。

「回復藥水的……空瓶……？」

點頭同意亞絲娜的話後，我再次仰望浮空的圓木屋並且大叫：

「——是玩家！」

喝光ＰＯＴ內容物後的空瓶，直接放著不管的話馬上就會破碎並且消失。為了防止這一點，要把「空瓶」作為道具保存下來，就必須把它收進包包類或者是道具欄裡。由於ＮＰＣ不會做出這種行動，持有空瓶就表示被關在那間飛天屋裡頭的是玩家。

「得……得救他才行……」

右手依然握著小瓶子的我一這麼說，亞絲娜就立刻反問：

「怎……怎麼救？」

「…………」

這是個非常之好的問題。艾恩葛朗特，不對，ＳＡＯ裡原則上不存在飛天的手段。因為如果有那種手段的話，就能夠無視迷宮塔直接飛到下一層……不對，是直接飛到最後終點，也就是一百層去了。

數個月前，我和亞絲娜剛才傳訊息的對象鐵匠莉茲貝特有過一起抓住白龍尾巴飛翔的經

驗，但是那無法選擇目的地，而這一層也沒有龍出沒，最重要的是我再也不想有那樣的經歷了。

「…………總……總之先到那棟房子的正下方看看吧。」

聽見我含糊的提案後，亞絲娜稍微露出微妙的表情，但立刻就點頭同意。

從空地踏入森林後，上空層層堆疊的樹枝就阻礙視線讓人看不見飛天房屋，但我隨即發揮系統外技能「第六感之直線移動」來筆直地前進。在看不見遠方目標的森林裡，這其實頗為困難。祕訣是讓兩隻腳像是自動奔跑一樣動作……以前這麼跟亞絲娜說明時，她的臉上就露出「這傢伙在說什麼啊」的表情。

我的瞄準完全正確，短短兩三分鐘前方就出現一棵特別巨大的杉樹。那無疑就是長在房屋正下方的樹木了。一邊走近一邊抬頭往上看，透過重重相疊的樹枝後可以看到輕飄飄浮在空中的豆粒大小屋影。

「……現在該怎麼辦？就算爬上這棵杉樹，也完全無法抵達那棟房子喔。」

聽見邊往上看邊走的亞絲娜這麼問，我便以同樣的姿勢回答：

「原本是想來到正下方的話，應該能聽到一點叫聲才對……不過看來是沒辦法……」

「對喔，能夠對話的話，就能請對方說明是怎麼回事了。那還是爬樹看看吧？在樹梢上可能就聽得見叫聲了。」

「但是要爬上這種針葉樹的難度相當高……沒有『特技』技能可能辦不到……」

在仰頭的情況下，來到距離杉樹剩下五公尺左右的距離時。

突然從至近距離傳來怪物般的咆哮聲，我和亞絲娜就跳了起來。

「汪、汪汪汪！」

反射性握住背上愛劍闡釋者的劍柄，但動作就此停了下來。因為吼叫聲的主人是全長最多四十公分左右的四腳步行獸類……具體來說也就是「狗」。

稍長的毛是淡茶色，有著一雙圓滾滾的眼睛，再加上綁有藍色緞帶的毛絨絨尾巴。顏色浮標是黃色——是給予ＮＰＣ、馴獸師的寵物，或是不具攻擊性的非主動怪物的顏色。

「哇啊，好可愛！」

看見亞絲娜敘述著符合年輕女孩身分的感想並且蹲下來朝狗伸出手，我便急忙制止她。

「等……等一下等一下！」

「為什麼，牠明明這麼可愛。」

「說……說不定是某種陷阱啊！說起來呢，練功區裡有狗實在太奇怪了。觸碰到的瞬間就變形成恐狼怎麼辦？」

「別擔心啦，你看牠尾巴都搖成這樣了。」

——當我們進行這樣的對話期間，小型犬也持續在亞絲娜面前又叫又跳，像是在表示「快抱我快抱我！」一樣。亞絲娜再次想屈身時，我就拉住她的劍帶並且再次確認小狗的浮標。上面顯示的名字是「Ｔｏｔｏ」。

「……托托？不是種族名吧……是這隻狗的專有名稱嗎……？」

「哇，名字也好可愛！來，快過來吧，托托！」

「都說不行了……」

我拚命把已經像是中了魅惑異常狀態般的亞絲娜拉回來，同時試著分辨小狗，也就是托托圓滾滾的眼睛裡是不是藏有邪惡的企圖。

然後遲了好一會兒才發現，小狗圓滾滾的頭上二十公分處浮著一個小小的「？」符號。

「那是……任務符號？但是，為什麼是在進行當中……？」

我一這麼大叫，亞絲娜也像是注意到符號一樣放慢了前進的速度。

「真的耶，有任務符號……」

艾恩葛朗特的各層裡配置著實在難以全部完成的任務。通常可以向頭上浮著「！」符號的ＮＰＣ承接任務，與進行中的任務有關的ＮＰＣ，頭上符號則會變成「？」

也就是說這隻小狗是進行中任務的關鍵人物，不對，應該說是關鍵動物。但問題是……我沒有，亞絲娜應該也沒有接到與狗有關的任務才對………

「對……對了！」

亞絲娜突然這麼大叫，讓我嚇了一跳並且放開她的劍帶。細劍使轉頭過來以嚴肅的表情凝視著我，然後開口繼續說：

「我們平常都把時間耗在迷宮區與樓層魔王攻略上，沒什麼在承接副本對吧？所以才會成為盲點。發生什麼無法說明的情形時，原因通常是因為任務喔。比如說……房子飛上天之類的！」

「…………原來如此。」

由於認為是相當有道理的推論，我便點頭同意，結果亞絲娜再次反轉身體面對持續吠叫的小狗。

「也就是說，想要找出那棟房子飛上天的原因……就必須跟這隻小托托接觸才行！桐人你應該可以理解吧！」

丟出這種聽起來很像充滿冒險心與自我犧牲的發言後，亞絲娜就在我來不及再次抓住她前蹲下來並朝小狗伸出雙手。

「汪汪汪！」

茶色小型犬隨著聽起來很開心的叫聲跳進亞絲娜胸口，高速擺動尾巴並且不停舔著她的臉。

「啊哈哈，好癢喔！啊啊～真可愛！我原本就夢想養一隻這樣的小狗了！」

——幸好托托沒有突然變成巨大的食人狼。

但是數秒鐘後發生的現象，完全領先我的預測三光年左右。

突然我和亞絲娜腳邊開始有風捲動。根本無暇抵抗強大的風力，身體就失去了平衡。因為腳步踉蹌而離開地面——恐怖的是，不論怎麼伸展都無法接觸地面了。

「桐……桐人！」

我反射性握住亞絲娜在右手抱著托托的情況下朝我伸出的左手。兩人一犬就這樣被局部的龍捲風往上捲。周圍的景象不停旋轉，我的大衣與亞絲娜的迷你裙整個翻起（平常在練功區吹動的風絕對不會引發這種現象），但是根本沒有多餘的心思去注意這件事。

就在我發出「嗚……嗚哇……嗚哇哇哇～～～」的叫聲……

亞絲娜發出「呀啊啊啊啊————」的悲鳴……

小狗很高興般「汪汪汪！」叫著的瞬間。

我們就一直線朝著浮遊在遙遠上空的圓木屋飛去。

5

「……你……你們也跑來這裡的話就沒意義了吧！」

這就是在圓木屋裡等待救援的玩家所說的第一句話。

大約九十秒前——

被小型龍捲風吞沒的我、亞絲娜以及小狗，暫時飛到浮空圓木屋的屋頂後，就排成一列被在角落張開嘴的煙囪吸了進去。經過又窄又暗的隧道後，一屁股坐到由白木板所組成的寬敞客廳地板上，這時有一名女性玩家露出驚愕的表情站在我們面前。

我好不容易才讓大吃一驚而停止轉動的腦袋再次運作，保持坐在地板上的姿勢仔細凝視著先到此地者的臉。驚人的是那是我相當熟悉的臉孔，但是也沒有再次露出驚愕表情的氣力，於是就先試著向對方打招呼。

「午安。好久不見了。」

剛才的叫聲就是對應我的招呼。事情的經過就是這樣。

不論如何，還是先交換情報吧。

女性玩家垂下肩膀同意我這樣的提案，然後用右手指向設置在客廳地板上的圓桌。我和抱著狗的亞絲娜並肩坐下後，她也拉大距離坐到我們對面。

這時候亞絲娜似乎也終於回歸平常模式，對著我們都認識的女性玩家點了個頭。

「好久不見了，亞魯戈小姐。」

「……哈囉，小亞。順便也跟桐仔問個好。」

以微妙表情輕輕揮著手的玩家，左右臉頰上以顏料各畫著三根清晰的鬍子。死亡遊戲開始後大約兩年，不對，包含封測的話還要再加一個月的時間裡，一直都貫徹這種臉頰彩繪的她名字是「老鼠亞魯戈」。她是艾恩葛朗特裡擁有最高超技術的情報販子。

我和亞絲娜從遊戲初期就跟她有交集，向她購買、販賣情報的次數已經數也數不清。除此之外也因為種種原因而互相幫助，而且我不記得跟她有過明確的敵對關係。所以亞魯戈事到如今才像是警戒著我們般的態度實在讓人納悶，不過我還是決定先別管這件事，直接進入正題。

「……那麼，亞魯戈，這個到底是什麼？」

提到「這個」時，我就輕輕轉動右手，邊指著目前依然飛行中的圓木屋全體並這麼問道，情報販子就眨了眨金褐色捲髮底下的雙眼。

「還問是什麼，既然都來到這裡，就表示桐仔也接了吧？當然是任務啦！」

「啊……噢……嗯……」

瞄了一眼被抱在亞絲娜胸口，目前正開始打瞌睡的小狗後，發現牠頭上的「？」依然亮著。那就表示某種任務仍在進行當中——

「但是，與其說是明確地承接了任務，倒不如說是被牽連了……」

我一這麼說，亞絲娜就輕輕點頭。

「是啊。我光是把這孩子抱起來，就被吹到這棟房子裡面了。怎麼說呢……就好像是……撿到某個人進行到一半就丟下的任務……」

她說到這裡就倏然閉起嘴巴，然後跟我面面相覷。我也立刻了解她到底在想些什麼。

如果是「某個人進行到一半就丟下的任務」造成現在這種狀況，那麼「某個人」絕對就是眼前的老鼠亞魯戈了吧。

同時被我跟亞絲娜瞬移過去的視線盯著看後，亞魯戈像是放棄掙扎般縮起脖子說：

「…………我從頭開始說明吧。」

——我接到最近艾恩葛朗特的低樓層裡出現好幾個奇怪新任務的情報。像是不論打倒多少次都會重複湧出的蒙面食人鬼、一邊旋轉跳躍一邊吐火的陸龜、從詛咒的訊息視窗裡爬出的白衣女殭屍之類的。

在快要發行「全任務必勝導覽手冊」之前，我必須立刻網羅這些新任務的情報。所以我前天就到據說有新任務的第二十二層西南區域來調查，雖然順利找到任務開始的地點，但是任務的內容就有點問題嘍。沒有帶著故事進行所需的關鍵角色就衝進這棟房子裡，房子就突然被龍捲風吹起來，讓我嚇了一大跳！之後整整兩天，我都待在這棟飛天房子裡等待有人來重置任務。

說明到這裡，亞魯戈就像很無奈般攤開雙手。

所謂「任務重置」，是指利用選單操作來將進行中但長時間遭到放置的任務回歸初期狀態。由於ＳＡＯ裡有不少不能同時跟其他玩家一起承接的任務，所以準備了這樣的機能。當然，必須要靠近成為任務起點的ＮＰＣ才行。

也就是說，在那棵杉樹底下發現名為「托托」的小狗時，注意到牠頭上的「？」就打開主選單的任務標籤——那裡或許就存在重置鍵。但是像現在這樣加入進行中的任務之後，我和亞絲娜也沒辦法重置任務了。

「……嗯，大概可以了解狀況……但還是充滿謎團。亞魯戈，妳剛才說的『任務內容有問題』是指什麼？」

我指出理所當然的疑問後，情報販子再次露出之前那種微妙的表情，瞄了一眼亞絲娜

的……正確來說是在亞絲娜懷裡睡覺的小型活動物體。

「這……這個嘛……我也有個人的喜好呀……」

「噢，原來是這樣！亞魯戈小姐不喜歡狗嗎！」

由於話說到一半就被亞絲娜笑著識破內心，情報販子便縮起兩頰的三根鬍鬚。

「有……有什麼辦法嘛，只有這一點一直是初期能力值！說起來我也得到小亞妳會害怕不死系Mob的情報了喲！」

「那……那是鬼魂吧！會害怕鬼魂本來就是理所當然的事。但是小狗很可愛吧？來，要不要抱抱看？」

「快……快住手！讓牠繼續睡啦！」

——不理會上演這感情良好一幕的亞魯戈和亞絲娜，我開始思考了起來。

亞魯戈（明明是「老鼠」）不喜歡狗，而那隻狗頭上的任務符號依然亮著，這就表示……

「喔~原來如此。亞魯戈，妳雖然開啟了任務，但是沒有帶著關鍵角色小狗就發揮所有AGI迅速逃走衝進這棟房子，結果房子因為任務進行而飛上天，但狗卻無法進入房子內，任務進度就整個停滯了，妳也被關在飛天房子裡整整兩天……事情就是這樣嗎？哈哈哈，妳也有許多歡樂的經驗耶。之後把經驗談集結成『亞魯戈的大冒險』這樣的書籍應該能賺一筆喔。」

我邊笑邊這麼說，老鼠一瞬間露出「真的能賺嗎？」的表情，然後才大叫：

「這有什麼好笑的！事到如今，桐仔和小亞也要被關在這棟房子裡一段時間嘍！」

「太誇張了啦，真不行的話就用轉移水晶移動到某個城市裡就可以了吧。」

如此回答完就準備再次發笑時──亞魯戈和亞絲娜就同時露出微妙的表情。以眼神互瞄了一眼後，亞絲娜就作為兩個人的代表開口說道：

「……那個，桐人。我覺得亞魯戈小姐不可能沒試過這個辦法。」

「咦？」

「雖然會因為任務而有所不同，不過像這樣的強制任務當中，大致上都是禁止轉移的喔。我沒說錯吧，亞魯戈小姐？」

「那還用說嗎！」

「…………真的假的？」

面對遲了一會兒才開始冒出冷汗的我，亞魯戈露出了無奈的表情並且回點了一下頭。

「嗯，最後的手段就是從窗戶跳下去，在快撞上地面之前才用水晶轉移到別處……不過實在不想嘗試呀～」

「我……我也不想試……」

我瞄了一眼窗外廣闊的天空後，開始有點太遲的思考。

說起來，這到底是什麼樣的任務？在森林裡從小狗那裡承接任務，和牠一起進入房子後，房子就被龍捲風吹走？從這點來看，故事完全沒有脈絡可循。SAO的伺服器營運應該已經不屬於作為開發企業的ARGUS，創作任務劇本的不可能是ARGUS的員工。那麼如此不合理的發展到底是誰想出來的呢？然後在依然無法使用呼叫GM機能的情況下，我們到底該如何脫離這種狀況……

「…………呃，不對，等等喔。」

我的話讓摸著托托頭部的亞絲娜，以及用警戒視線看著這邊的亞魯戈同時轉動頭部。

「如果這個任務停滯的原因，是因為狗……托托被留在地面上的話，現在這個問題應該解決了……這就表示——任務應該再次開始進行了吧……？」

「啊……！」

亞魯戈啪嘰一聲打了一個響指，以敏捷到極點的動作跑向窗戶，一往地面看就大叫：

「在……在動了喲！應該說，馬上就要著陸了！」

「真……真的嗎？太好了，在變暗之前能回去了。」

亞絲娜也走向窗戶，以安心的表情這麼說道，但我實在無法像她那麼樂觀。可以說是第六感使然吧。

以任務的導入來說，整間房子飛上空中算是相當大的場面。我不認為有如此盛大開場的故事，會這麼簡單就結束。恐怕……會一直持續「到那裡去找什麼」、「到那裡去幫助誰」這樣的發展。說起來呢，就算努力完成任務，也無法保證這棟房子能變回原本銷售中的狀態。如此一來，我和亞絲娜到底什麼時候才能結……

「嗚！」

我發出低沉的呻吟，看向與亞絲娜（懷中的小狗）保持微妙距離的亞魯戈嬌小的背部。

雖然她是老交情的朋友了，但是不能提前被她看出我將和亞絲娜結婚一事。一旦被發現，最後一定會大大地刊登在「亞魯戈週報」上，然後我將會被亞絲娜粉絲俱樂部的眾成員詛咒到死。

如此一來，一起進行漫長的遊戲攻略就很危險了。必須迅速完成攻略，在「老鼠」的嗅覺發覺什麼之前就先跟她說「辛苦了！」才行。

在我下定決心而起身的同時，圓木屋就發出「滋滋嗯」的沉重聲音，在某個不知名的地點著陸。

6

「……話說回來，這個任務的名字叫什麼？」

聽見我的問題後，亞魯戈就打開視窗回答：

「叫作『西方魔女與三個祕寶』。」

「……真是普通。故事發展明明如此奇特……」

穩穩踏上對亞魯戈來說隔了兩天，對我和亞絲娜來說隔了十五分鐘的地面後，下一個關鍵角色就在我們三個人面前搖晃著身體。

但是那傢伙依然不是人類。那是由木棒組成十字的胴體，以及把物體塞入麻布後製成圓腦袋的人偶——也就是稻草人。雖然外表滑稽，但它是怪物的事實依然沒有改變。屬於恐怖系樓層裡經常會配置的「威嚇物」系Ｍｏｂ。

出來迎接的還不只有稻草人。左側有一個全身鎧甲內中空的「活鎧甲」系怪物，然後右鄰是人的身體上有一顆獅頭的「獅面人」系怪物。三隻怪物都沒有發動攻擊的跡象。顏色浮標也是顯示非主動狀態的黃色。

當我浮現「究竟是怎麼回事」的想法時，稻草人突然開口說話了。

「喔喔，我們等好久了！」

配合這句台詞，飄浮在稻草人頭上的「！」就變成顯示任務進行中的「？」。而小狗頭上的符號則同時消失。

「你說……等很久了？」

我還是做出符合現狀的回答，結果稻草人就更激烈地搖晃著頭並且猛然開始說話。簡單說來就是以下的內容。

——我們「稻草人」、「錫人」、「獅子」為了成為人類而旅行，途中我們的女伙伴被「西方魔女」抓走了。雖然想救她，但是稻草人的腦袋、錫人用來代替心臟的寶石以及代表獅子勇氣源頭的金色鬃毛被魔女奪走而無法戰鬥。這時候為了招募願意一起跟魔女戰鬥的劍士而對女孩飼養的狗「托托」施加龍捲風咒語，然後把牠送到牆壁外面。

「哦……哦哦……原來如此……」

我點點頭後瞄了背後一眼。

根據地圖，目前的所在位置是同為第二十二層的西北部。這裡是被垂直聳立的懸崖包圍，

徒步不可能進入的區域。稻草人所說的「牆壁」，指的就是那面斷崖吧。

雖然好不容易掌握任務的設定，但依然感覺整體來說是很奇怪的故事。說起來，在不存在魔法的SAO裡出現「魔女」、「龍捲風咒語」之類的東西就很有問題了。而且稻草人和獅子也就算了，為什麼活鎧甲的名字是「錫人」呢？

——當我被這種說起來無關緊要的問題所困擾時，身旁的亞絲娜突然呢喃了一句：

「……我知道這個任務究竟是怎麼回事了。」

接著亞魯戈也點點頭。

「我也知道了喲。所以房子才會飛起來。」

「咦？到底是怎麼回事？」

從左到右依序看過去並這麼問完後，亞絲娜就一邊露出燦爛的笑容，一邊說出完全出乎意料的發言。

「我想桐人你小時候應該也看過。雖然細節有許多地方不同，但這個任務……是根據《綠野仙蹤》這個故事喔！」

「……啊……啊啊，原來如此！」

嘴裡雖然這麼大叫，不過老實說我無法想起整個故事的內容。身為主角的女孩子跟飼養的狗連同房子一起被龍捲風吹走，結果掉落在異世界，帶領著稻草人、錫人以及獅子一起展開各種冒險的旅程，最後再次回到現實世界——故事應該是這樣，大概啦。

了解這一點後，就能接受活鎧甲為什麼叫作「錫人」了，但是接下來的發展也讓人感到非常擔心。

「……如此一來，這個任務會非常之長吧……」

混雜著嘆息這麼說完後，亞絲娜就露出「為什麼？」的表情，我便聳聳肩繼續表示：

「因為以故事來說，接下來必須依序取回稻草人的腦袋、錫人的心臟和獅子的鬃毛吧？每一個都不知道要花幾個小時……」

我一這麼抱怨，亞絲娜和亞魯戈就面面相覷，然後不知道為什麼滿面盈笑。

「桐仔，我看你是記不清楚整個故事了吧？」

「嗚……嗯，是沒錯啦……」

「呵呵，我認為不用收集關鍵道具喔。直接跳過這些過程，立刻衝到魔女的城堡去吧！」

「咦……咦咦咦？」

配合我的叫聲，感覺稻草人、錫人和獅子也露出「咦咦咦～」的表情，但那應該只是我想太多吧。

再次確認地圖之後，橢圓形任務區域裡標示了三個金色的「！」符號（接下來的目的

地），其他還有一個灰色的「！」符號（雖然是最終目的地但是旗標尚未立起）。一般來說，不攻略三個金色符號就算前往最終目的地也沒有用，但亞絲娜和亞魯戈的腳步沒有絲毫猶豫。

面對快步走在黃色磚瓦道路上的兩個人，三名想成為人類的怪物和我只能踩著不安的腳步追上去。亞魯戈之所以隔著微妙的距離，是因為亞絲娜懷裡還抱著小狗的緣故吧。

頭上的任務符號既然已經消失，托托應該就不是關鍵角色了，於是我和亞魯戈就提議把牠放在圓木屋裡。但是亞絲娜卻依然緊抱住小狗，眼睛往上看並且不斷發出「嗚嗚～」的奇妙聲音，所以也就沒辦法繼續要求她這麼做。老實說我根本不在乎帶不帶小狗，但是對於討厭狗的亞魯戈來說，精神上多少會受到折磨。

既然做到如此徹底，一定就跟她本人所說的一樣，並非只是限定於這個世界的角色扮演。現實世界的亞魯戈一定也不喜歡狗。但如果我是她的話，能夠像那樣老實地表現出自己的內在——真實的一面嗎？或許會為了維持在這個世界裡構築起來的多重印象而強行壓抑感情，努力裝出不在意的模樣吧。

這樣的我，對於亞絲娜抱持的感情，真的能稱為愛情嗎…………

「…………你覺得呢？」

我以極小的聲音對走在旁邊的其中一名任務ＮＰＣ，也就是被奪走「勇氣」的獅子男這麼問道。

配置在艾恩葛朗特內的無數NPC們，幾乎都只會遵從演算法來重複事先輸入的應答格式，和玩家之間的對話不可能成立。所以我也沒有特別期待能獲得回答。

「……你也被奪走什麼了嗎？」

由於獅子男細聲這麼反問，讓我有點……不對，應該說相當驚訝。

「嗯……或許是吧。我在來到這裡之前，不記得曾經真心喜歡上哪個人。」

一時興起這麼回答完，跟原本在四十層附近出現的獅面人族相比，外表顯得十分寒酸的獅子男，這時臉上就露出更加悲傷的表情並且點了點頭。

「這樣啊。其實我也沒有自信，不知道被魔女搶走鬃毛前的我是否真的擁有『勇氣』。」

獅子男嘆了口氣並且垂下頭，就看到後腦杓的一部分鬃毛像被推剪器直向推過一樣完全消失不見。

特別仔細看之後，發現獅子男旁邊跳著走路的稻草人，後腦杓有一處被撕裂然後隨便亂縫起的針腳，他對面那個錫人的胸甲上也用ＯＫ蹦打了個叉來塞住巨大洞穴。應該全是「西方魔女」從他們那裡奪走重要物品的痕跡吧。

當然我不記得曾被魔女奪走「愛別人的心」。如果在哪個地方弄丟了那個，也是從小就持續跟周圍的人……甚至連家人都保持距離的我自己應該負的責任。

如此一來，我該去哪裡找回那顆心呢？和亞絲娜結婚並且一起生活就能找到嗎？但是如果

正如獅子男所說，我這個人打從一開始就沒有那種東西呢……？

就在這個時候，宛如感覺到我的不安一般，走在數公尺前方的亞絲娜回過頭來。稍微歪了一下頭後，臉上浮現跟平常沒有兩樣的笑容。以抬起的右手顯示前進方向，然後朗聲叫道：

「看吶，桐人。已經看得到了！」

亞魯戈立刻用裝備在雙手上的金屬爪互相撞擊了一下。

「既然是我不知道的任務，絕對是尚未有人進入的迷宮！裡面有許多還沒被開啟的寶箱喲！」

「……我說啊，就算這樣這裡也只是第二十二層，一定沒有什麼大不了的寶物啦。」

我中斷不符合性格的反省，為了追上兩個人而加快腳步，同時抬頭看向逐漸出現在樹梢後方的城堡。好幾座看起來特別細長的塔往上延伸，牆壁是接近黑色的灰色。以泛紅天空作為背景聳立在該處的模樣，確實散發出符合「魔女城堡」的氣氛。

打倒待在最深處的魔女就算攻略這個任務了，但現階段應該無法入城吧。按照常識來說，不解決稻草人、錫人、獅子被奪走的心等各地的副本，最終迷宮的門就不會開，或者魔王就不會湧出。不對，更重要的是，像這樣無視三個人尋找的物品，感覺他們三個人有點可憐……

當我這麼想的時候，亞絲娜和亞魯戈依然在維持微妙間隔的情況下持續往前走，短短幾分鐘後前方就出現嚇人的城門。高五公尺的黑色鑄鐵門扉緊緊關閉，果然沒有打開的——

喀哩喀哩喀鏘。

持續傳出明確的開鎖聲，門也自動往左右兩邊打開，於是我只能張大嘴巴。亞絲娜懷中的小狗雖然不停汪汪叫，但應該不是這傢伙把門打開的吧。

兩名女性玩家像要表示「果然如此」般互相點了點頭，但我還是搞不懂究竟是怎麼回事。和腦袋、心臟以及鬃毛被搶走的稻草人等一行人面面相覷，聳聳肩後就踏入大門內部。

下一刻就傳出凶暴的低吼聲，四隻怪物從城堡的前院湧出。那是巨大身體上有著黑豹頭顱的豹人族。如果魔女是驅使黑貓的話，那麼牠們也算是合適的守門人了……大概啦。

「嘎哦哦哦哦嗚！」

當黑豹們先叫了一聲，然後拔出鋸齒狀刀刃的圓月刀時，稻草人等三個人就發出「咿咿咿」的丟臉悲鳴並且蹲下。不知道是陷入「恐慌」的異常狀態或者只是真的感到害怕，雖然原本就不期待他們的戰力，但一開始就這樣的話，之後的魔王戰就更令人擔心了。

我不停搖頭並且拔出背後的愛劍闡釋者，同時以兩隻從右側突進的豹人為目標。發動單手劍中少數單發．範圍攻擊型劍技「鋸齒波浪」。

朝地面揮落的劍因高周波而振動，宛若鋸齒刀刃般的特效光呈放射狀擴散。兩名豹男被光線淹沒，腳步因而不穩。這招原本就是用來妨礙移動的劍技，造成的傷害不會太大，但對方不過是第二十二層的任務出現的怪物。在恢復體勢之前ＨＰ就歸零，接著黑豹們就依序爆散。

剩下的兩隻也被左手依然抱著小狗的亞絲娜，以及一對一其實相當強的亞魯戈秒殺，戰鬥就此結束。一隻豹人掉下帶有任務道具符號的鑰匙，我們便用它打開城堡本體角落的一扇小門。

鑽過門前再次看了一下天空，發現朱色裡已經開始混入紫色。距離夜晚只剩下一個小時左右了吧。由於城堡相當大，想在日落之前完成攻略看來很困難了。

——或許是再次看出我這樣的思緒，亞絲娜拍了一下我的背部並且說：

「別擔心，我帶了很多便當來。」

呃，我不是在擔心晚餐，只是在想能不能在今天之內結婚。

但是又不能這麼回答，只能以微妙的角度點點頭，這時候亞魯戈以悠閒的聲音說道：

「那真是令人期待！我確實掌握到小亞開發出醬油的情報了喲！」

衝入「西方魔女」的城堡後僅僅十分鐘。

我、亞絲娜、亞魯戈、稻草人、錫人、獅子以及小狗的六個人＋一犬的小隊輕鬆到達應該是魔王房間的大門前。

當然也跟戰力遠超出任務的合適等級有關，不過特別犯規的應該算是亞魯戈的機動力。原本應該繞遠路才能爬上去的露臺，或者連我都要猶豫該不該跳的狹窄立足點都輕鬆地直接跳過去，可以說瘋狂地抄捷徑。託她的福，從狹窄的窗戶窺看到的天空還留著夕陽的殘紅。

「……等魔王戰之後再吃便當吧。」

亞絲娜以有些難以置信的聲音這麼說完，亞魯戈也一臉輕鬆地點頭回答「說得也是」。雖然怪物三人組依然露出煩惱著這樣真的沒關係嗎的表情，最後由稻草人代表眾人跳出來前面，動著以單縫線縫在麻布頭顱上的嘴。

「……『西方魔女』會使用許多恐怖的咒文。要不是我的腦袋變空了，就能想起咒文的種類了……」

……果然該從副本開始解決起吧。我雖然這麼想，但亞絲娜卻以冷靜的模樣拍了一下稻草人的肩膀（應該說是棒子）。

「別擔心，只要你們三個人同心協力，一定能救出桃……你們的女性朋友。好了，我們走吧。」

話一說完就颯爽地轉身，毫不猶豫地推開大門。

門後面是相當符合魔王房間氣氛的長方形巨大空間。我們一踏進去的瞬間，高大天花板的水晶燈就亮起不祥的綠色燭光。從眼前到深處逐漸變得明亮，可以看到靠近正面牆壁處設置了巨大的鐵牢。

鐵牢裡有一名被綑綁的女孩子躺著——她的旁邊有一個內容物沸騰的大鍋，以及用長柄鍋

杓攪動滾燙內容物的黑衣老太太。

「喔喔……完全符合巫婆形象的巫婆……」

我忍不住開口做出這樣的感想。ＳＡＯ原則上不存在攻擊魔法，理論上來說也就不存在魔法師，所以這種外表的怪物算是相當稀有。

那麼，那個老太太會發動什麼樣的攻擊呢？當我這麼想時——稻草人就突然大叫：

「啊啊，桃樂絲小姐！這樣下去的話桃樂絲小姐會被煮成湯的啊！」

接著錫人也讓鎧甲的零件發出聲響。

「桃樂絲、危險、快點、救她！」

最後獅子也奮力豎起一部分被剃掉的鬃毛。

「等等啊，桃樂絲！我們現在……我們現在…………」

但這時獅子的鬃毛就垂了下去，錫人的鎧甲變得沉默，支撐稻草人的棒子產生扭曲。

代替陷入沉默的三人組，我、亞絲娜和亞魯戈來到前面。我們慎重往側臉朝向這邊，依然不停攪動大鍋的魔女靠近。

當小隊來到大房間的中間地點時——

黑色斗篷的魔女抬起頭來看向這邊。發出黃光的雙眼整個瞇起，以尖銳的聲音呢喃：

「你們也想喝這個女孩煮成的湯嗎？喝一口就能返老還童，喝兩口就能滋補強身，是非常非常美味的湯喲。咿～嘻嘻嘻。」

這時候要是不小心回答「ＹＥＳ」的話，強制劇情就會直接開始進行，名為桃樂絲的少女可能會被丟進滾燙的大鍋裡煮，於是我便大叫了回去。

「不是！我們是來救這個女孩的！」

「這樣啊這樣啊，那真是可惜了。如此一來……」

這時魔女以鍋杓撈出內容物，然後呼一聲對它吹了一口氣。

「……也把你們煮成湯吧！咿咿咿～～嘻嘻～～～～！」

巫婆隨著刺耳聲音把鍋杓裡的內容物朝我們撒過來。結果熱水立刻變成刺眼的紫色毒霧籠罩我們。

下一刻，視界左上角的ＨＰ條下部就亮起綠框的異常狀態標誌。是麻痺。

「呃……」

才剛發出呻吟，我、亞絲娜、亞魯戈以及背後的稻草人等全都倒在地板上。從高等級的三個人都無法抵抗來看，這應該是強制麻痺劇情，但狀況依然很危險。我急忙想從腰包裡拿出治療藥水，但不知道怎麼回事，連平常中了麻痺時應該能動的右手都無法動彈了。

「嘻嘻嘻……那麼～要從誰開始煮呢……」

魔女揮舞著代替魔杖的鍋杓，踩著跳舞般的腳步靠過來。這該不會是相當危險的場面吧，

這麼想的我拚命想站起來，但是身體卻完全無法動彈。

「咿嘻嘻，沒用、沒用啦。只有獅子的吼叫聲能夠破解這個咒文。」

——噢，原來如此。

非常簡單易懂的提示讓我移動視線，好不容易才看向後方。稻草人跟錫人確實跟我們一樣陷入麻痺狀態，只有獅子身上沒有異常狀態的圖標。只要他能吼個一聲，所有人的麻痺應該就能解開了。

應該是這樣啦。

但是這時候的獅子鬃毛竟然整個下垂，然後用雙手抱住頭部，蹲在地上不停發抖。喂喂，在心中這麼吐嘈完之後，我終於注意到一件事。

也難怪他會這樣。他依然處於「勇氣」被魔女奪走的狀態。如果已經取回勇氣源頭的黃金鬃毛也就算了，但在這種狀況下他不可能振作起來。明明是可以預測到的事態，亞絲娜她們為什麼會說不需要完成三個副本呢——

「汪、汪汪汪！」

小狗氣勢十足的吠叫聲響徹整個空間，同時也中斷了我的思考。

這時中斷的不只有我的思考而已。獅子的發抖也倏然停止，萎縮到了極點的鬃毛也逐漸膨脹起來了。到底為什麼？他應該已經失去勇氣才對啊。

在依然躺在地板上的我瞪大眼睛注視之下，獅子緩緩站起來。雖然還是一臉窮酸相，但雙眼確實帶著光芒。

「我……我是來救桃樂絲的！」

一大聲這麼叫完，就鼓起胸膛吸滿空氣——接著獅子就發出「吼————！」的勇猛咆哮。我的麻痹圖標就像是被獅子吼吹飛一樣消失無蹤。

魔女雖然又使出兩次麻痺攻擊，但繼獅子之後，錫人然後是稻草人也站了起來幫忙阻止咒文的詠唱。最後可能是咒文宣告用罄了吧，魔女露出自暴自棄的模樣，揮舞著鍋杓猛衝過來。

穿著黑色斗篷與尖帽子的魔女，無論怎麼看都不像有取得武器技能，但看到擺在頭上的長柄鍋杓發出紅光後讓我有些驚訝。不愧是這個世界的居民，看來她能使用長柄斧系的劍技。

「咕嘎耶耶耶耶————！」

但是我的「圓弧斬」輕鬆擋下與刺耳叫聲同時揮落的鍋杓。把劍拉回來時順勢給予反擊，面對被打得後仰的魔女，亞絲娜和我切換之後直接衝了過去。

雖然覺得到了這個時候左手實在不應該還抱著小狗，但即使如此還是能確實發動劍技，也只能說果然名不虛傳了。承受無情的五連擊後，魔女整個被轟飛出去。像是連著地的空檔都不給一般，這次換成亞魯戈往前突進。她以似乎超越亞絲娜的衝刺鑽到魔女底下，雙手的金屬爪子發出「滋啪滋啪滋啪」的聲音來使出亂舞系的劍技。

魔女雖然受到高等級的三個人發動的連續攻擊，但只能說真不愧是任務魔王，還是在僅剩下些許HP的情況下撐了下來。即使一屁股跌坐到地上，還是沒有暈眩直接站起來，然後朝大廳深處的大鍋子跑去。看來是還想對充滿謎團的鍋子施咒吧，當我們解開技後僵硬就立刻追上去——但在追上之前。

突然從亞絲娜懷裡跳出來的小狗，不對，是托托像子彈般追上魔女並且咬向魔女穿著黑色高跟鞋的腳踝。腳步踉蹌的魔女往前撲倒，以很快的速度滾了好幾次，然後從頭栽進煮得滾燙的大鍋子裡。

幾秒鐘後，從鍋子裡噴出盛大的怪物死亡特效。

從監牢裡被救出來的少女桃樂絲一邊緊抱著愛犬托托，一邊不停地對我們道謝。她為了尋找在這個世界某處的「翡翠城」，接下來也要繼續跟稻草人一行人一起旅行。

在原本的圓木屋前目送桃樂絲一行人離開的我，就同時拍了一下似乎依依不捨（大概是跟小狗分離的緣故）的亞絲娜，以及放下心一般的亞魯戈的背部（一樣是狗的影響）。任務最後的「！」符號在圓木屋內部飄浮著。進入房子並且關起門後，應該就能回到原來的地點。

「那麼，我們也回去吧。」

我邊這麼說邊看向天空，發現夕陽才剛要沉入雲海當中。

原本的《綠野仙蹤》裡，稻草人也同樣追求大腦、錫人追求心臟，然後獅子追求勇氣——在飛回去的路上，亞絲娜這麼告訴我。

但是他們最後都沒有獲得這些東西。故事的最後，大魔法師奧茲是這麼說的。在救出被魔女抓走的桃樂絲時，稻草人擠出了智慧、錫人表現出感情，獅子則是發揮了勇氣。所以你們已經擁有追求的事物了——

「…………原來如此。所以亞絲娜和亞魯戈才會知道就算沒有解副本，獅子他們也會振作起來嗎？」

我帶著苦笑這麼說完，女孩子們就一起驕傲地點點頭，這時候房子也發出沉重的聲音著陸了。

# 7

一來到外面，發現該處確實是我過去發現這棟圓木屋的森林空地。留下佇立於現場的我跟亞絲娜，亞魯戈大步橫越草皮並且回過頭來，露出滿足的微笑說：

「謝謝兩位今天救了我。謝禮就是這件事會幫你們保守祕密，不會把消息賣出去喲。」

「哈？妳說這件事……是哪件事啊？」

「那還用說嗎！」

朝這邊眨了一下眼睛後——

「祝你們幸福，桐仔、小亞！」

留下啞然呆立於現場的我們，亞魯戈隨即以媲美忍者的輕快動作消失在視界當中。

幾秒鐘後，由於亞絲娜開始發出輕笑，受到影響的我也跟著露出笑容。當我們一同發出「哈哈哈」的笑聲時，感覺最後一根刺在心底深處的尖刺也消失得無影無蹤。

——渴望的事物，在你為了追求而踏出第一步時，就已經握在手中了。

我祈求能夠永遠跟亞絲娜在一起並且向她求婚。所以那個時候開始，我就已經找到失去的物品，也就是一顆能夠愛人的心了。

「…………亞絲娜。」

一叫出對方的名字，亞絲娜就帶著微笑凝視著我。

在越過圓木屋屋頂的殘照照耀之下，我筆直地望著發出閃亮美麗光輝的深栗色眼珠並且打開主選單。移動兩次標籤，靜靜地把手指放在目標的按鍵上。

按下「Ｍａｒｒｉａｇｅ」的文字列，接著觸碰「Ａｓｕｎａ」這個名字。

亞絲娜的眼睛移動，看著出現在眼前的小視窗。接著抬起右手，以纖細的手指像在撫摸般

放到視窗上──

「…………桐人。」

亞絲娜確實承受我的視線並且呢喃了一句，然後按下「YES」鍵。

是在短短幾天之後，我們才得知支配這個世界的自律控制系統「Cardinal」的名字。

過了很久很久之後，才有人告訴我Cardinal具備了令人驚訝的「任務自動生成機能」。

（完）

# The day after

§ 阿爾普海姆
二〇二五年六月

SWORD ART ONLINE

1

「差不多習慣那個虛擬角色了吧？」

突然被這麼問，亞絲娜就從顯示英文作業的視窗上抬起頭來。

她以指尖捻起垂在自己右肩上水精靈族特有的藍色頭髮並且回答：

「嗯……還要一點時間吧。真的很奇怪啊……長相跟體格都跟艾恩葛朗特時代一樣，不同的只有髮色與眼珠的顏色而已，但有時候就是會覺得不對勁。好像意識沒有好好待在自己的身體上一樣……」

「這樣啊……」

很擔心般皺起眉頭的是漆黑頭髮呈怒髮衝冠狀的守衛精靈族少年。雖然說是少年，但裡頭的男孩子只比今年十八歲的亞絲娜還小一歲而已，由於虛擬角色的容貌感覺比現實世界的他還要淘氣，所以會忍不住這麼覺得。

並肩坐在沙發上的守衛精靈把自己眼前的全息鍵盤推到深處後，就把手肘靠在桌上並且凝視著亞絲娜。

「那可能跟習慣沒有關係……妳說過AmuSphere的ＢＳＩＳ等級之類的回應沒有問題吧？」
「嗯。看過記錄之後全都在平均值以上。」
「這樣啊……」
點了一下頭後，桐人就突然伸出左手來握住亞絲娜的右手。
「咦，做……做什麼？」
雖然被奇襲攻擊嚇了一跳而這麼反問，但對方卻是一臉認真地攤開亞絲娜的手掌。然後將自己的食指緩緩接近該處，微微觸碰到後就停了下來。
手掌中心產生的微妙搔癢感傳到虛擬角色的背部，亞絲娜忍不住發出「嗯……」的細微聲音。但是守衛精靈還是保持嚴肅的表情，仔細盯著手掌說：
「現在我這邊產生了接觸感覺，妳應該也知道我在摸妳吧？」
「嗯……知道。」
亞絲娜點完頭，守衛精靈就一本正經地說道：
「好，那我一邊動一邊慢慢離開，感覺消失的時候就告訴我……怎麼樣，還有感覺嗎？」
接觸手掌的手指一點一點橫移，變得更加微弱的感覺信號刺激著虛擬的神經。虛擬角色震動了一下並且呢喃：
「嗯……還感覺……得到。」

「是嗎……那這樣呢？」

「嗯……感……覺得到……」

「這樣啊……果然ＢＳＩＳ的訊號等級是沒有問題……」

「啊……有感……」

這時候亞絲娜終於發現自己的回答很可能會招致某種誤會。

整張臉龐瞬時被強烈的熾熱感包圍。她迅速拉回右手並緊握成拳頭。對著露出茫然表情的守衛精靈放聲大叫：

「幹嘛讓我說這種話啊！桐……桐人你這個大笨蛋——！」

由於地點是在中立都市的旅館屋頂，所以炸裂的右直拳沒有造成數值上的傷害，但矮小的守衛精靈輕鬆就被從沙發轟飛到深處的牆壁上。

二〇二五年六月二十一日，星期六，晚間八點三十分。

亞絲娜——結城明日奈在ＶＲＭＭＯＲＰＧ「ALfheim Online」內的都市「世界樹城市」外圍部分某間旅館的房間裡和桐人——桐谷和人一起做著學校的作業。

從倒閉的RCT Progress公司接下ＡＬＯ營運的新興企業「ＹＭＩＲ」為遊戲帶來許多的改變，其中一個就是開放在有限制的情況下從遊戲內世界（阿爾普海姆）連接外部網路。從選單裡打開瀏覽器，

就能和現實世界的ＰＣ或者手機一樣閱覽各種網站，也可以存取保存在雲端空間裡頭的回家作業檔案。萬一有帶著惡意的玩家想起動可疑的程式，「Cardinal系統」也會立刻檢測到，所以不會損及精靈國度的治安。

雖然母親對於亞絲娜再次開始使用完全潛行機器感到不悅，也不斷表示「至少自己動手完成回家作業」，但是對於亞絲娜來說，現實世界的身體與虛擬世界的虛擬角色都是「自己」。處於能在周圍盡情開啟（嚴格說起來是有上限）視窗的虛擬世界寫功課比較有效率，也不會出現眼睛疲勞、肩膀痠痛的情形。最重要的是，住在世田谷區宮坂的亞絲娜能夠和遠在埼玉縣川越市的桐人一起看書……這個動機或許有點不妥當就是了。

總而言之，這一天晚上也以精靈的模樣專心打著全息鍵盤時，桐人突然就開始檢查起亞絲娜的感覺——這就是整件事情的經過。

當守衛精靈發出「嗚嗚嗚」的呻吟並且撐起身體時，同樣從沙發上起身的亞絲娜就嚴厲地雙手扠腰並且表示：

「我說啊，要確認感覺訊號的話，應該還有別的方法吧！」

「……剛才那是最簡單的啊……說起來，色……有奇怪反應的是亞絲娜吧……」

亞絲娜以更加嚴厲的眼神瞪著做出曖昧反駁的桐人。

「色……什麼？你想說什麼？你說說看，我保證不會生氣。」

「絕……絕對不可能！應該說妳已經在生氣了……」

「我沒有生氣！如果結衣沒有出門的話，我可能就真的會生氣了。」

亞絲娜的話讓擺出立正姿勢的桐人抖了一下。

除了是高度的Top-down型ＡＩ之外也是兩人的女兒，在ＡＬＯ內是「導航妖精」的結衣，因為和好友克萊因以及莉茲貝特等人去狩獵，所以目前不在家。如果剛才那一幕被心愛的女兒看見……一想到這裡亞絲娜的臉頰便再次發熱，下一刻桐人就不知道為什麼露出笑容並且以爽朗的口氣──

「亞絲娜，妳的臉好紅。」

聽見對方做出這樣的評論，亞絲娜只能再次握緊鐵拳。

當她朝著臉上浮現「糟糕」表情的桐人大步往前走了幾步時──

「………啊……」

亞絲娜隨著小小的呢喃停下腳步。

又被那個感覺襲擊了。靈魂短短一瞬間像要從虛擬身體上脫離的奇妙感覺。就好像再也不清楚手腳在哪裡又該如何運動一樣……也像是現在已經不再是現在。

應該是察覺到異變了吧，桐人以媲美瞬間移動的速度靠過來支撐住亞絲娜的身體。然後露出認真的表情凝視亞絲娜的眼睛並且呢喃：

「不要緊吧？」

「嗯……嗯，我不要緊。已經復原了。」

即使如此回答，亞絲娜還是把體重加諸於桐人的手，然後繼續呢喃：

「只有……只有一點點不對勁的感覺。虛擬角色也不是無法動彈，不去在意就可以了……不對，說不定真的只是自己想太多……」

「不行……還是仔細調查一下比較好。這是艾恩葛朗特時代不曾出現的感覺吧？」

「嗯。一次都沒有……我想……」

桐人輕輕抱起點頭的亞絲娜並把她運到隔壁的寢室。由於租借的是旅館最上層的總統套房，所以能從房間寬敞的窗戶看見世界樹城市金碧輝煌的夜景，以及遙遠下方那一整片阿爾普海姆的大地。但是桐人沒有理會這樣的景色，讓亞絲娜躺在大床上之後自己也坐到旁邊。他再次伸手靜靜地撫摸藍色頭髮，同時開口說：

「……亞絲娜，雖然妳應該不願意想起……」

亞絲娜從猶豫不決的口氣聽出桐人的言外之意。於是就一邊微笑一邊輕輕搖頭。

「不要緊的……連身為『蒂塔妮亞』時都未曾有這種感覺。所以我想不是伺服器（世界）變更了的關係。」

「這樣啊…………」

點點頭後，桐人這時終於把視線移到窗外。

他攻略了死亡遊戲「Sword Art Online刀劍神域」，把存活下來的六千一百四十九名玩家從浮遊城艾恩葛朗特解放出來的日子是二〇二四年十一月七日。

但是包含亞絲娜在內的約三百名玩家卻沒有回到現實世界。須鄉伸之這名原本擔任綜合電子機械製造商RCT公司要職的男人，為了進行違法的人體實驗而把三百個人的意識綁架到設置在ALO內的虛擬研究設施裡。

亞絲娜雖然沒有成為實驗台，但是卻被關進掛在世界樹樹枝上的巨大鳥籠裡。「蒂塔妮亞」這個名字，是在這個世界自稱為「精靈王奧伯龍」的須鄉所取。

身為囚犯的痛苦一直持續到二〇二五年一月二十二日被桐人救出為止。雖然覺得那兩個月的時間已經足以匹敵待在艾恩葛朗特的兩年，但是那段期間從未出現感覺異變的自覺。

「……首次出現這種……怎麼說呢，這種『抽離感覺』大概是在一個月前……」

亞絲娜小聲這麼呢喃完，桐人就稍微瞪大了眼睛。

「妳記得第一次發生的時間嗎？」

「嗯。因為是跟新艾恩葛朗特第一層的魔王怪物對戰的時候。」

亞絲娜的答案讓桐人眨了兩三下黑色眼睛。

「那個時候嗎——話說回來，妳那時候使用魔法時失敗過一次，難道……」

「虧你記得這麼清楚。」

亞絲娜忍不住對搭檔莫名強大的記憶力露出苦笑，同時點頭說道：

「詠唱咒文時突然有抽離身體的感覺，嘴巴就不由得停了下來。因為馬上恢復，戰鬥中也只出現過一次，我也覺得可能是自己想太多……但在那之後就經常發生……」

「……如此一來，果然不是習慣的問題了。因為第一層的魔王戰時，距離亞絲娜首次以這個虛擬角色潛入ＡＬＯ已經過了三個星期以上吧？如果是因為不習慣虛擬角色，應該一開始就會頻繁出現這種感覺了。」

「說得……也是。但是，那原因到底是什麼呢……」

亞絲娜躺在床上歪起頭來，結果桐人就露出沉思的表情過了好一陣子，然後才說：

「待在ＡＬＯ之外的ＶＲ空間時不會出現這個現象嗎？」

「嗯……這個嘛。除了這裡之外就不太完全潛行到其他地方，不過其他地點確實沒有感覺到『抽離』的記憶。」

「那也不是NERvGear和AmuSphere的差異所造成了。再來就是……嗯……雖然認為不可能——但現實世界是否有同樣的現象……」

「當然沒有了。如果有的話就真的是靈魂出竅了。」

亞絲娜自己這麼說完後，稍微覺得有點害怕而重新檢查記憶，幸好想不出有類似的狀況。但如此一來，就更想不出造成謎樣「抽離現象」的原因了。雖然試著在網路上蒐集資料，但是找不到報告出現同樣故障的AmuSphere使用者，而且症狀太過籠統，也沒辦法尋求RCT或者YMIR的協助。

發生這種現象的時間極為短暫，只要不去在意就可以了，也不是足以阻礙遊戲進行的問題——但都在這裡做出各種假設了，實在很難要自己不去在意。

側臉對著亞絲娜而坐的桐人再度發出「唔嗯」的沉吟聲，最後像是下定決心般開口說道：

「再來就只能跟結衣商量了。」

「……嗯……」

亞絲娜本身在發生第四、第五次的「抽離」時就有這樣的想法，但是卻一直猶豫到今天。要是知道亞絲娜的異常，結衣一定會非常擔心，而且如果連結衣的能力都無法解決問題的話，將會給她的心靈帶來很大的負擔。

結衣是為了輔導SAO玩家的心靈層面而設計出來的實驗AI。但是隨著死亡遊戲化而被凍結各種權限，只能夠監視多達數千名玩家的負面感情。異常的負荷最後損壞核心程式，和亞絲娜他們相遇時幾乎變得無法說話。

因此亞絲娜已經下定決心不讓結衣擔心，也絕對不傷及她小小的心靈分毫。

但是桐人卻像是看透她的心思般點了一下頭，然後再次把手朝著亞絲娜的頭伸去。溫柔但確實地灌注力量來撫摸她的頭髮——很少有玩家能夠用虛擬角色辦到如此細微的操作——同時開口說：

「我能理解亞絲娜的心情。但是……結衣要是知道亞絲娜不找自己商量的話，應該會因此而感到悲傷吧。」

「但是……真的沒有什麼大不了的。大概不久後就會習慣這種現象，然後就再也不會在意了。」

「……是這樣嗎……因為亞絲娜很敏感……」

這時桐人瞬間閉上嘴，急忙搖著頭並繼續開口表示：

「啊，不是啦，我沒有奇怪的意思。」

「真是的，這我當然知道啊……然後呢？」

「然後……嗯，越是敏感的玩家就越無法無視感覺的微小異常。戰鬥中的話就更不用說了。我希望亞絲娜能夠盡情享受這個世界……不是死亡遊戲的普通ＶＲＭＭＯ。因此不論是再細微的障礙都想把它清除……說到底這可能只是我任性的想法……」

桐人最後用呢喃般的口氣說完就稍微低下頭，而亞絲娜則是對他伸出右手。

把手放在緊身黑色上衣的肩口，然後用力把他拉過來。受到繼承ＳＡＯ時代的高筋力值拉

扯而失去平衡，纖細的守衛精靈發出「嗚哇」的聲音並且跌落到躺在床上的亞絲娜胸口。

亞絲娜立刻用雙手抱住對方，接著一邊灌注力量一邊呢喃：

「謝謝你，桐人……我現在很開心了喔。能夠跟桐人、結衣一起到阿爾普海姆的各個國家與新生艾恩葛朗特的各個城市觀光、購物、冒險，我真的非常高興。今後也想一直一起在這個世界旅行。」

在亞絲娜緩慢的語調影響下，原本在懷裡掙扎著的桐人也停下動作。最後畏畏縮縮地把手繞到亞絲娜背後。

現在想起來，ＳＡＯ時代之後就沒有像這樣跟桐人相擁了。從虛擬世界的鳥籠解放出來的一月到四月底都持續在復健，之後就努力為了適應包含新學校在內睽違了兩年的現實世界，兩個世界都很難有兩個人獨處的悠閒時間。今天能夠像這樣，也是剛好兩個人都有許多回家作業，平常的讀書會就會有更多人參加了。

但是亞絲娜現在開始在心底深處擬訂一個計畫……或者可以說跟自己的約定。

雖然不知道會是什麼時候，但現在只能爬到第十層的新生艾恩葛朗特要是開放第二十一層以後的樓層，一定要比任何人都早到達第二十二層，然後買下建在森林深處的小圓木屋。就是過去跟桐人一起度過短暫但是幸福的時光時所住的玩家房屋。

當然新舊艾恩葛朗特除了棲息的怪物、出現的道具之外，連地形也有微妙的差異，所以同一個地點不一定會出現同樣的房子。但是亞絲娜確信那棟圓木屋一定在等待著兩個人。只是不知道在購買之前是不是要再攻略一次「飛天房屋」任務就是了。

「……說不定……」

或許是亞絲娜悄悄的呢喃聲傳到耳朵裡了吧，懷裡的桐人微微歪起頭來。呢喃了一句「沒什麼」後，亞絲娜又繼續無聲地說道。

說不定不可思議的抽離現象是因為內心太過渴望那棟房子的緣故。或許意識一瞬間離開虛擬角色，飛翔到第二十二層的森林去了……

當亞絲娜這麼想時，耳朵就聽見桐人的聲音。

「……明天跟結衣商量看看吧。如果是結衣的話，一定能找到我們無法發現的障礙。」

「嗯……說得也是。」

點點頭後，亞絲娜便緩緩放鬆擁抱。

緊貼著的臉頰離開，兩人的視線在至近距離交錯。雖然有些許預感閃過亞絲娜胸口，不過桐人和她對望了一陣子後就直接撐起身體，再次坐到床旁邊然後回頭表示：

「那麼……接下來要做什麼？要去跟克萊因他們會合嗎？」

亞絲娜先是露出苦笑，接著搖了搖頭。

「不行。功課根本還沒做完吧。」

「啊……對……對喔……」

「全部結束之後大概快要十點了，明天才能狩獵了。艾基爾先生和莉法也說可以參加，多一點人一定比較有趣喔。」

「好的——」

像個小孩子一樣回答完後，桐人就沮喪地垂下頭並且自言自語著：

「唉……SAO時代，晚上十點才正式要開始狩獵呢……」

「別懷念那種奇怪的事情！說起來，你是不太進行『夜間狩獵』的人吧。但是等級卻不斷地提升，已經被當成攻略組的七大不可思議之一了。」

亞絲娜從床上撐起上半身一邊這麼表示，桐人則是逐漸露出微妙的表情並提出疑問。

「……那麼其他六大不可思議是什麼？」

「嗯……像是『黑衣劍士・無盾單手劍傳說』、『黑衣劍士・獲得太多LA傳說』……」

「等……等一下等一下。怎麼全都跟我有關？」

「別擔心，第七個是『KoB團長防禦太硬傳說』之類的……但是只有這一點不是什麼不可思議的事情就是了。」

一面回溯八個月前的記憶一面這麼呢喃，看穿團長——希茲克利夫也就是茅場晶彥有何「不可思議」的黑髮劍士就把伸出去的手輕放在亞絲娜頭上。

「我才沒有什麼不可思議的地方呢。等級也是受到許多人鼓勵與幫助才好不容易維持住……當然亞絲娜也幫了我很多忙喔。」

摸了兩三下頭部之後，桐人就從床上站起來伸了一個大大的懶腰。

「好了，快點把功課解決掉吧……所以這次也要請妳稍微幫忙一下嘍……」

「真拿你沒辦法。」

利用反彈力下到地板之後，亞絲娜就露出滿足的微笑說：

「結束之後要到一樓的餐廳請我吃東西喲！」

從虛擬世界回到現實世界，一開始感覺到的是整個身體的重量。

換言之就是真正的重力大小。舊ＳＡＯ裡身為細劍使的亞絲娜，一直貫徹著重視速度的能力構成，所以虛擬角色的體感重量相當輕。每天都像疾風般奔馳在戰場上，彷彿野馬般跳躍過障礙物。在繼承了能力值的ＡＬＯ裡，這樣的情形也沒有改變。不對，由於背上有翅膀，重力感可能更加希薄了也說不定。

因此在自己微暗房間的床上睜開眼睛的那一瞬間，壓在全身的重量差點就讓人感到窒息。被囚禁在死亡遊戲的那個時候明明如此渴望「登出」，但無論如何就是無法喜歡這種感覺。這樣的衝擊過了一陣子後或許也會習慣吧。

花了整整十秒鐘左右做好準備後，明日奈緩緩撐起身體。

從頭上取下跟NERvGear相比纖細到驚人的完全潛行機器——AmuSphere。天花板的感應器察覺動作，自動點亮了間接照明的亮光。

雙腳放到地板上後雖然慎重地站起來，但還是感到些許暈眩。雖說和讓虛擬世界的亞絲娜感到煩惱的「抽離現象」有些類似，但相對於裡面那種意識飛上天空的感覺，現實世界起身時的暈眩像是被往地面拉去一樣。其不舒服的程度遠超過抽離現象。

輕輕搖搖頭甩開暈眩感後，明日奈穿上拖鞋走向南側的窗戶。

從窗簾縫隙眺望籠罩在六月夜晚沉重潮濕冷空氣中的住宅區好一陣子。或許是下著毛毛雨吧，街燈的周圍出現白色傘狀光暈，不禁讓人聯想到虛擬世界的特效光。

「…………？」

突然有種一部分記憶受到刺激的感覺，讓明日奈皺起了眉頭。

夜晚的街道。夜霧裡滲出的街燈。發出潺潺水聲的水道。抱著膝蓋蹲在水道旁邊。雖然害怕得想逃走，卻又無處可逃……

完全想不出這是什麼時候在什麼地方見到的情景。雖然想牢牢抓住朦朧的印象，但它就跟出現時一樣唐突地消失了。

明日奈感受著殘留在心底深處那不可思議的寂寞餘韻，往下持續看著現實世界的夜景。

2

隔天六月二十二日，星期日，下午四點三十分。

亞絲娜在繞行阿爾普海姆上空旋轉的巨大浮遊城——新生艾恩葛朗特的第八層迷宮塔最上層——也就是所謂的「魔王房間」裡。

在這個地方應該做的只有一件事。當然就是跟魔王怪物戰鬥。

發出「啾嚕嚕嚕！」尖銳示警聲的是全身長著藍色羽毛的小龍「畢娜」。身為牠主人的貓妖族玩家西莉卡立刻大叫：

「亞絲娜小姐，要召喚小兵了！」

「了解！大家聚集過來！」

亞絲娜舉起右手的法杖對小隊成員做出信號，接著迅速開始詠唱咒文。

「現身吧神聖的泉水（艾茲庫·卡茲拉·芙雷茵·布魯努魯），阻止火焰與毒的吐息（安達斯庫·布蘭多·歐咕·艾伊托魯多）。」

最後一句高聲詠唱完的同時，法杖就豎立在黑色大理石地板上。淡淡藍光波紋擴散出去，

大量的水像是要追上波紋一樣湧出，立刻形成直徑將近十公尺的水面。

「謝啦，亞絲娜！」

「謝謝妳！」

握著鎚矛的小矮妖莉茲貝特以及讓畢娜坐在頭上的西莉卡率先衝進水面，同樣從ＳＡＯ時代就是伙伴的大地精靈族斧戰士艾基爾、火精靈族刀使克萊因則跟在後面。遲了一會兒，全身黑的守衛精靈桐人，以及現實世界中是他妹妹的風精靈族魔法劍士莉法同時從最前線回歸。

這七個人已經是小隊人數的上限，但在魔王房間裡戰鬥的不只有亞絲娜他們。由於和其他四支小隊組成了大規模強襲部隊，所以圓形大廳裡應該存在三十五名玩家，不過卻沒有絲毫擁擠的印象，這是因為魔王房間比舊艾恩葛朗特時加大了許多的緣故吧。

衝進具備ＨＰ回復效果與抗毒．抗火效果的水面，桐人就呼一聲鬆了一口氣，這時他肩膀上的小妖精結衣就對著亞絲娜揮舞小手。

「媽媽，妳的咒文詠唱也有模有樣了呢！」

「啊……啊哈哈……謝謝妳，結衣。」

亞絲娜這麼回答之後，水面周圍就噴出幾條火柱。火柱立刻形成龍捲風般的漩渦，從中心延伸出人型火焰，最後變成高一公尺左右的小小火焰妖精。

單體的話不是什麼強敵，但數量實在太多了。整個寬敞的魔王房間裡應該湧出三十隻以上吧。而且火妖精只是普通的小兵Ｍｏｂ，鋪設黑色大理石的大廳——以及浮遊城第八層全體之主的魔王怪物也會同時發動攻擊。

魔王的名字是「火焰蛇神・瓦吉特（Wadjet the Flaming Serpent）」。

最初的戰鬥之後經由調查得知瓦吉特是出現在埃及神話裡的火之蛇神。外表也符合這個名字，是巨大響尾蛇頭部融合了四手女神的模樣。黑色基調的巨軀包裹在火焰之下，毫無防備就靠近的話會受到火屬性的持續傷害（DOT）。

現在魔王本體是由亞絲娜他們之外的另兩支小隊在對付。在他們十四個人的ＨＰ還未耗盡之前，必須盡快解決雜兵才行。

右手的法杖依然撐在地板，亞絲娜迅速確認起周圍的狀況。

蛇神瓦吉特與兩支小隊在廣大魔王房間的另一側激鬥當中。其他兩支小隊裡，由女性火精靈隊長所率領的一隊，目前退避到跟亞絲娜一樣的水精靈魔法師所創造出的水面。另一支小隊似乎沒有能夠使用這種「純淨水面（Purified surface）」咒文的玩家。亞絲娜舉起左手來對著他們叫道：

「盡量多拖住一些小兵，然後進入這邊的水裡吧！」

男性風精靈隊長也揮手表示「知道了」。

在兩人溝通之時，周圍的六名同伴也把不斷聚集過來的火妖精全都變成灰燼。雖說是魔王身邊的雜兵，但依然是能夠將一般物理傷害減半的強敵，只不過一旦進入魔法水面就會變得相

當弱，就算這支只有少數魔法師的小隊也能夠順利解決。

在打倒附近的所有火妖精之後，其他小隊就拖著大量敵人衝進水面。直徑十公尺的圓內待了十四個人確實略嫌狹窄，立刻衝出來的桐人與克萊因就把一半追加的火精靈吸引到自己身邊，讓成員能夠使用所有水面來戰鬥。

看見周圍不斷閃爍的金屬光輝，亞絲娜就很想把法杖換成細劍，但要保持魔法水面就得持續把法杖撐在地面上。亞絲娜之所以在ＡＬＯ裡成為接近治療師的魔法師，除了因為覺得支援職業似乎也很有趣之外，也跟比伙伴晚一些加入小隊時，隊裡已經充滿物理攻擊職業有關。

或許是察覺亞絲娜躍躍欲試的內心了吧，來到附近的莉法以感到很抱歉的口氣表示：

「對不起喔，亞絲娜小姐。總是拜託妳幫忙輔助。」

「別這麼說，我沒有心懷不滿喲。詠唱咒文很有趣。」

「就是說啊！哥……桐人現在詠唱咒文還會害羞喔，下次請亞絲娜小姐好好說說他。」

稍微浮現的笑容立刻消失，莉法舉起左手來表示：

「神聖的水啊請治癒他們，讓冰冷的死亡遠離吧。」（賽亞・費茲拉・黑伊拉庫魯・阿烏斯特魯・普羅特・斯帕魯・巴尼）

開始回復咒文詠唱的她確實是有模有樣。順暢地詠唱完咒文後，開始有藍色水滴從她左手降到周圍，逐漸治癒水面的持續回復（HOT）效果無法顧及的劍士們所受的傷害。

一陣子之後，由於打倒所有火妖精了，亞絲娜就舉起右手的法杖。藍色水沫飛濺接著魔法水面消失，並排在ＨＰ條下方的幾項支援效果圖標減少了一項。

移動視線後，發現在右側戰鬥的其他小隊也剛好殲滅周圍的所有火妖精。確認所有雜兵都處理完的克萊因隨即對跟魔王戰鬥的十四個人大聲叫道：

「嘿，雜兵都清光了！隨時都可以交換嘍！」

似乎是對方領隊的高大闇精靈立刻大聲回答：

「了解！下一次破防後就交換！」

下一刻，蛇型魔王就大大揚起蛇首。以背負著響尾蛇膨脹頭部的形式與其一體化的黑色女神，四隻手之中握著寬闊大劍的手高高舉起。

結果魔王周圍的空間就閃過紫雷，接著不斷有半透明的巨劍實體化。密集在魔王前面的玩家們全部鳥獸散，拿著盾牌的人將其高舉，持雙手武器者則將武器高舉過頭。

「沙啾啊啊啊啊！」

隨著奇怪的叫聲，魔王——火焰蛇神・瓦吉特將劍揮落。多達八把幻影巨劍呼應其動作，發出轟然巨響朝著玩家們轟去。

有四個人成功擋下攻擊，其餘四個人連同盾牌與武器被整個彈飛出去。但是受到使用大技的影響，籠罩瓦吉特的火焰也變薄，在後方的魔法師們不錯過這個空檔，施放出完成詠唱的行動阻礙系咒文。

幾乎所有魔王怪物對阻礙效果都有很高的抵抗力，但看準時機還是能讓其停止動作十秒左右。咒文產生的蜘蛛絲、銀鎖鏈、黏稠沼澤等纏上瓦吉特的瞬間，闇精靈隊長就大動作揮手。

「退下——！」

玩家們隨著「唔喔——」的叫聲一起跑了起來。被幻影劍轟飛的四個人好不容易才起身，一邊叫喊著「別丟下我們！」一邊加入後退的伙伴之中。

「好，輪到我們啦！」

架著刀子的克萊因率先跑出去，桐人跟艾基爾緊跟在他身後。

跟著他們一起跑的亞絲娜突然浮現這樣的想法。

——大家看起來都很開心。

當然桐人和莉茲貝特他們也一樣，不過看見其他四支小隊後這種感覺就更強烈了。

他們二十八個人大部分都是今天才初次見面的玩家。被在第八層主街區「斐利潘」的轉移門廣場徵求魔王攻略聯合部隊參加者的他們邀約之後，簡單自我介紹完就往迷宮塔移動，快速爬上塔後就趁勢衝進魔王房間。舊艾恩葛朗特時代完全無法想像會出現這樣的突擊方式。

以前在魔王攻略戰之前都要經過多次的偵查與會議，檢討各種風險並且盡可能湊齊戰力才正式開始攻略。雖然理解具備不能出現任何死者這個絕對條件的ＳＡＯ與ＡＬＯ的現況完全不同，但亞絲娜在今天的魔王戰快開始之前還是忍不住浮現「真的要這樣直接開始？」的想法。

新艾恩葛朗特第八層目前是最前線，這也就表示魔王火焰蛇神・瓦吉特到現在都還沒被打敗過。她認為要挑戰這樣的強敵，至少要稍微舉行一下作戰會議，或者確認隊形吧。

但是戰鬥開始已經經過將近三十分鐘的現在，感覺終於能夠了解為什麼這麼做了。

真正重要的不是打倒魔王本身，而是享受那個過程。

即使打倒魔王，也不能是由高壓的領隊集團——過去亞絲娜以副團長身分率領的公會「血盟騎士團」那樣——進行單方面指揮所獲得的結果。所有玩家同心協力，一起思考、作戰、歡喜……或者是悔恨。這才是網路ＲＰＧ的醍醐味，如果可以嘗到這樣的興奮，就算落敗一定也很開心。

待在後退的兩支小隊最後尾的男性闇精靈玩家，在和亞絲娜錯身時抬起左手並且大叫：

「三分鐘就能重整態勢，在那之前就拜託你們了。」

迅速與對方擊掌後，亞絲娜便回應：

「交給我們吧！拜託你們處理雜兵了！」

從響著鎧甲離開的集團那裡聽見「別趁機吃豆腐！」「才不是哩！」的聲音，跑在旁邊的莉茲貝特忍不住噗哧一聲笑了出來。

「真的一點都沒變呢，亞絲娜。」

「什……什麼啊。」

「以前在艾恩葛朗特，兩個人一起走的時候也經常……」

「現……現在沒必要提這種事情吧！看，魔王的攻擊來了！」

有些慌張地這麼回應之後，打破阻礙效果的瓦吉特再次開始動作。

跟在阿爾普海姆地下廣大冰之國度幽茲海姆昂首闊步的邪神級怪物相比，新生艾恩葛朗特的魔王怪物尺寸上是比較小，但強度似乎遠遠凌駕於邪神級怪物。從浮遊城實際上線到現在已經過了一個多月仍只被攻略到第七層就能證明這一點。聽說第八層的魔王瓦吉特也是從一個星期前就有各種族的強者們組成七人×七小隊的最大上限聯合部隊加以挑戰，但是卻全都被打得落荒而逃。

得知這一點後，光是仰望在天花板附近昂起蛇首的人面蛇身魔王怪物就受到強烈的緊張感襲擊，但亞絲娜還是強顏歡笑來趕走恐懼。重要的不是獲勝而是享受這個過程。不必害怕敗逃，全力放手一搏就對了──

「沙嚕啊！」

瓦吉特發出怪聲，舉起左下方手臂握著的權杖。

並排在大廳外圍部分的圓柱回應其動作，隨著轟然巨響開始旋轉，露出藏在背面的大鏡子。下一刻，剛才退後的兩支小隊不等待隊長的指示就分散為數人一組，圍住共八面的鏡子。

瓦吉特的權杖從前端的水晶球發射帶有即死級威力的光線。其實光是這樣就已經是相當恐怖的武器了，但更棘手的是，光線會靠著外圍的鏡子形成複雜的反射，讓人無法預測其軌道。

剛開始攻略魔王時，似乎是鏡子一出現所有人就加以破壞。用武器不斷打擊的話確實能夠擊碎鏡子，但它的耐久度相當高，在打破八面鏡子之前就會被光線射中而出現複數的死者。

但是過了一週之後的現在，已經創造出一套比破壞更有效果的對應方法。

圍住八面鏡子的玩家們一從正面改變鏡子角度之後就立刻退開，緊接著瓦吉特高舉的權杖隨即迸發出墨綠色光線。

擊中房間西側鏡子的光線原本應該瞬時反射到其他鏡子，而軌道上的玩家則是立刻死亡。但是角度被玩家調整過的鏡子幾乎在直角的情況下——也就是朝著瓦吉特把光線反射回去。被自身發射的光線擊中後，魔王怪物就發出尖銳的悲鳴，多達七條的ＨＰ條開始大量減少。但是目前只減少到第二條的一半而已，不過至少目前尚未出現死者。以尚差兩小隊才達最大上限的即席部隊來說，已經算是相當不錯的戰果了吧。

擔任這次小隊隊長的克萊因似乎也有同樣的想法，他舉起刀子氣勢十足地大叫：

「很好，沒問題喲！所有人，突擊！」

架著雙手斧的艾基爾與握著單手劍的桐人立刻衝出去，莉法與莉茲貝特也跟在後面。跟其他兩支小隊一起圍住魔王長長的胴體，一起使出斬擊、毆擊與刺擊。

亞絲娜這次也沒有待在後方。不過當然不是拿著法杖來毆打魔王，而是使出魔法攻擊。擅

長高速詠唱的她口誦咒文，並且朝著瓦吉特的上半身揮動法杖，接著就有數根銳利的冰槍降下刺中黑色鱗片。由於即死光線的自爆讓護身火焰暫時消失，魔王弱點的冰屬性魔法完全發揮功效，配合著桐人他們的物理攻擊使得ＨＰ條出現明顯的減少。

受重傷而開始掙扎的瓦吉特，長長的蛇軀開始像彈簧一樣捲起。從遠處注意到這個動作的亞絲娜大聲叫著：

「尾巴攻擊要來了！大家準備跳躍！」

下一個瞬間，跟在魔王身邊的攻擊手們就整個飛退並且擺出防禦姿勢。說起來瓦吉特是屬於屬性攻擊系的魔王，但物理攻擊也十分猛烈，長尾巴在靠近地面處旋轉三次的攻擊技要是沒有閃開第一擊而跌倒就會連續被第二、第三擊打中。

亞絲娜和伙伴同時輕彎起膝蓋來計算時機。捲完尾巴的女神，雙眸發出深紅光芒。這時候……跳躍！

但就在這個剎那——

在虛擬角色快要跳起之前，亞絲娜產生只有意識被往上拉的感覺。是那個「抽離現象」。竟然在這種時候——！亞絲娜屏息等待感覺恢復。現象應該只有短短一瞬間，但在這種狀況下卻漫長到令人心焦。積蓄在魔王體內的力量解放出來，尾巴發出破風聲往眾人迫近。不行……來不及了。

腳在被極粗的鞭子掃中之前，亞絲娜腦袋裡閃過魔王戰之前進行的對話。

在跟莉法與克萊因他們約好的時間前一個小時，桐人與亞絲娜登入到跟昨天一樣的旅館並且叫出結衣來商量這個狀況。

從小小導航妖精恢復成原本白色洋裝模樣的結衣，在兩人之間一直聽著亞絲娜的描述，等說明結束後就呢喃了一句：

「意識……抽離……」

亞絲娜對著輕坐在沙發上瞪大雙眼的結衣點點頭。

「是啊。雖然很難用言語形容……不過我認為一定是跟虛擬角色的通訊出了某種問題。」

「……竟然出現了這樣的障礙……對不起，媽媽。如果我能更早一些發現的話……」

「別這麼說，這不是結衣的錯。」

亞絲娜用雙手包裹住少女垂下的臉頰。

「我才應該為沒有早點跟妳商量而道歉呢。一開始以為是因為不習慣虛擬角色的緣故。但是昨天和桐人談過之後，覺得或許有其他原因……」

這時候坐在結衣另一邊的桐人就開口表示：

「怎麼樣，結衣……妳有沒有想到什麼原因……？」

「這個嘛……」

亞絲娜雙手中的AI少女伏下長睫毛，露出陷入沉思的表情。雖然短短三秒鐘後就抬起頭，但表情卻依然陰鬱。

「很遺憾的是，光靠媽媽剛才說的情報無法特定出障礙的原因……另外，以我現在的權限，也無法直接檢查媽媽的AmuSphere與ALO伺服器之間交換的封包。如果我在近處時發生該種現象的話，說不定就能獲得一些檔案……」

「說得……也是。抱歉喔，結衣，對妳提出無理的要求……」

亞絲娜準備道歉時，結衣就用自己的手從外側再緊握住她的手。把手從自己的臉頰移開，移到兩個人之間後灌注強大的力道。

「但是可以做出一定程度的推測。」

「咦……真的嗎？」

「是的。首先假設抽離現象的原因不存在於媽媽的AmuSphere以及媽媽本身。如此一來最先想到的就是伺服器方的障礙，但是目前Cardinal系統沒有偵測到任何異常，也沒有任何使用者提出發生同種障礙的報告。」

亞絲娜帶著暗暗的感慨，凝視著握住自己雙手就開始俐落說起話來的少女。

昨天桐人和亞絲娜還擔心這件事情會給結衣帶來很大的負擔。但是看起來是杞人憂天了。

結衣除了承認自己無法立刻解決問題之外，還拚命地想辦法對應。她也隨著日子不停地成長。

「因此問題的現象，我推測原因是ＡＬＯ伺服器方……也就是存在阿爾普海姆內的某樣事物對媽媽進行非正規的干擾。至於究竟是玩家還是物件，又或者是否刻意進行干涉，目前這個階段仍無法判斷。」

「非正規的……干擾……」

這次換亞絲娜重複了一遍結衣的話。

假如引起亞絲娜抽離現象的是人類，那麼絕對不可能是普通玩家。因為不存在能辦到這種事的魔法與道具，所以絕對是擁有高級權限者……怪客(Cracker)，或者是ＧＭ幹的好事。

想到這裡時，浮現在亞絲娜腦海裡的是再也不願回想起的一個男人的臉龐。把亞絲娜監禁在鳥籠裡長達兩個月的精靈王奧伯龍——須鄉伸之。

但是那個男人目前仍關在東京拘留所內，無論怎麼想都無法干擾ＡＬＯ伺服器。桐人應該也想到同樣的事情了吧，他的表情一瞬間繃緊，但立刻輕輕搖搖頭。然後以平常的表情看著結衣的眼睛並且問道：

「結衣，妳剛才說干擾亞絲娜的也有可能是物件對吧？這……到底是怎麼回事？特定的道具或者地形超越系統的框架影響玩家，真的可能發生這種事嗎……？」

結果年幼的少女像是在考慮該如何說明一般微微歪起頭，然後才緩緩開始說話。

「我想爸爸和媽媽都已經知道，我原本是照顧ＳＡＯ玩家精神狀態的『Mental Health Counseling Program』的實驗版本。這也就表示NERvGear不只能讀取著裝者的感覺．運動訊號，甚至還擁有讀取感情的能力。舊ＳＡＯ的Cardinal系統會監測所有玩家的精神狀態，並且累積檔案……」

到這裡都是亞絲娜已經知道的事情。初次見面時，結衣簡直就像兩三歲的幼兒般無法說話，那是因為無法處理龐大的玩家負面感情而讓主程式受損的緣故。

依序看了一下兩人的臉之後，結衣又以清晰的聲音繼續表示：

「只不過，跟感覺．運動的訊號比起來，表露感情的訊號解析進展相當慢。能夠判別的只有累積檔案量最多的『憤怒』、『悲傷』、『恐懼』與『絕望』等負面情緒，除此之外的感情就連Cardinal……以及其次級程式的我，當時都無法加以解析。於是Cardinal在有特異且高強度的感情格式輸入時，會把其ＲＡＷ檔案連同周邊環境保存起來。發出訊號的玩家ＩＤ就不用說了，甚至連時間、地點以及所持道具都會被保存下來。」

「…………！」

亞絲娜微微吸了一口氣，和桐人面面相覷。

還是第一次聽見這種事情。雖然結衣的說明有點難懂，但簡單來說應該是這樣吧。管理舊ＳＡＯ伺服器的Cardinal系統在玩家產生強烈的特別感情時，記錄的並非解析格式後的壓縮檔而是ＲＡＷ檔案……也就是記錄了「感情本身」。但在某種層面上來看，這算是複製玩家靈魂——雖然是極表層的部分——的行為吧。

現在的完全潛行技術真的能辦到這一點嗎？這麼想的瞬間，亞絲娜就回憶起某件事。自己與桐人說不定曾經目擊過這種現象的實際例子。

「……對了……桐人，你還記得嗎……？以前我和你一起調查圈內殺人事件時的事……」

結果似乎想著同一件事情的桐人立刻點了點頭。

「嗯。解決事件之後，在第十九層練功區的某座山丘上確實看見了。墳墓的旁邊站著被殺害的葛莉賽達小姐。那個……不是幻影，而是保存在墳墓……不對，是連結到一直埋在墳墓底下的戒指後保存於其中的……葛莉賽達小姐的心吧……」

事到如今已經無法證明真偽。結衣也沒有對這件事發表任何評論。最後桐人靜靜伸出左手來觸碰持續保持沉默的結衣嬌小背部。然後以沉穩的聲音再次問道：

「結衣的意思也就是舊ＳＡＯ裡，當玩家產生強烈感情時，其檔案就會跟地形或者道具相連結並且保存下來……是這樣吧？」

桐人又繼續對輕輕點頭的結衣提問。

「那麼結衣剛才所說的，成為抽離現象原因的物件就是指這個嘍？亦即是……寄宿在某種道具上的玩家之心在干涉亞絲娜……？」

這次連結衣也無法立刻回答。但是亞絲娜感覺她的沉默並非是因為在選擇用詞遣字，而是對自己口中所說的推論感到困惑。

「……現階段沒辦法回答YES……」

以細微的聲音這麼回答之後，結衣便抬起頭，接著以堅定的口氣說：

「但是，爸爸跟媽媽就不用說了，我和莉茲貝特小姐、莉法小姐、克萊因先生、艾基爾先生以及其他許多人說話、一起冒險後學會了一些事情。也就是人的心與完全潛行包含了遠超過現在的我所能理解的可能性。因此爸爸的問題我也無法說NO。正如我一開始所說，我認為可以推測出這樣的答案。」

某個玩家。

或者是玩家寄宿於道具甚至是地形物件的「心之碎片」。其中之一就是造成謎樣抽離現象的原因——

雖說只不過是推論，但是在魔王戰之前結衣曾經這麼說過。由於這時候已經到了約定好的時間，所以沒辦法繼續探討下去，但是在移動到新艾恩葛朗特之前，亞絲娜試著自行解釋了一下結衣的話。

這就表示，有人在呼喚自己吧。現在玩著ALO的某個人……或者玩過SAO的某個人正在呼喚亞絲娜。意識就是因為這樣而被拉扯，造成快要脫離虛擬角色的結果。如果這是事實，那個不知道是男是女的他一定沒有惡意吧。只是因為無法選擇時間與地點，才會變成亞絲娜玩遊戲時的障礙。就像現在這個瞬間一樣。

虛幻的浮遊感降臨的瞬間，周圍的光景也產生變化。

黑色大理石的魔王房間瞬間變淡，眼前映照出完全是另一個房間的幻影。

淡茶色磚頭隨機排列組成的牆壁以及同顏色的地板。充塞四周圍的大量怪物……像是把漆黑岩石雕刻成人型般的礦石妖精，以及五短身軀加上十字鎬般武器的黑暗矮人們。感覺確實在某時某地看過這彷彿熱氣般搖晃的光景，但就是想不起正確的時間與地點。和昨天晚上看著窗外夜景時降臨的奇妙感覺完全一樣。

也就是說，這不是亞絲娜的記憶，而是屬於呼喚亞絲娜的某個人的……？

看見幻影房間與怪物的時間極其短暫。在它們消失的同時，意識也回到虛擬角色身上。瞬間瞪大的雙眼，捕捉到火焰蛇神瓦吉特在靠近地板處宛如割草鐮刀般飛過來的強韌尾巴。

待在範圍攻擊內的伙伴一起垂直跳躍。但只有亞絲娜踢向地板的時機晚了一些——但這已經足以致命。不行，來不及了………

「亞絲娜！」

突然間，不是來自前方而是側面的衝擊隨著這道聲音襲來。身體被用力抬起，下一刻，瓦

吉特的尾巴掠過靴子尖端。亞絲娜甚至忘了確認自己的ＨＰ，直接看向穩穩抱住自己的黑衣守衛精靈的臉龐。

「桐……桐人，為什麼……」

面對這代表「為什麼知道發生『抽離』的時機」的一句話，桐人迅速對著亞絲娜呢喃：

「結衣在前一刻感應到了。」

接著坐在桐人肩膀上的小妖精就以嚴肅的表情補充道：

「八秒鐘前，有某種訊號朝著媽媽發出。還需要一點時間才能解析出來。」

「……真的是某個人對我……」

茫然這麼呢喃後，亞絲娜終於注意到自己和桐人在空中滯留了幾秒鐘的時間。一看之下，桐人從背上伸出的灰色翅膀正發出朦朧的燐光。

阿爾普海姆的九種精靈種族裡，甚至連跟天空無緣的大地精靈與小矮妖都具備飛行能力。五月的升級改版撤除了RCT Progress時代存在的滯空時間限制，所以現在不論要飛幾個小時都不成問題，但還是存在例外。也就是冰之地下世界幽茲海姆與各地的迷宮。當然新生艾恩葛朗特的迷宮塔也是飛行禁止地區。

但還是有例外中的例外。只有擅長尋寶的守衛精靈擁有即使在地下也能飛行一定時間的專用上級技能。雖然也跟熟練度有關，但效果時間相當短暫，剛才桐人就為了拯救亞絲娜而發動了只有緊急時刻才會使出的王牌。

「謝謝你，桐人……」

亞絲娜源本來想繼續說聲「對不起」，但是桐人已經先悄悄搖頭打斷了她。

地面上將近二十名玩家整齊劃一地連續跳躍來閃躲第二、第三次的尾巴攻擊。瓦吉特的範圍物理攻擊結束的同時，桐人就抱著亞絲娜降落到地面。技能失去效果，灰色翅膀無聲地消失。這種能力的冷卻時間長達五六百秒，所以要再次飛行已經是很久之後了。在那之前要是再次受到抽離現象襲擊，桐人就沒辦法出手相救了。

或許是察覺亞絲娜內心這樣的想法吧，結衣從桐人的左肩輕跳到亞絲娜的右肩，把嘴巴靠近耳朵後呢喃：

「媽媽，我已經記住訊號大致的格式了，下一次可以更快做出警告。」

「嗯，拜託妳了，結衣。」

小聲這麼回答完，亞絲娜就對著伙伴們叫道：

「抱歉，腳絆了一下！下次會確實躲過！」

莉茲貝特立刻舉起左手來回應「別在意！」。這時候桐人也離開亞絲娜身邊，朝著陷入硬直狀態的瓦吉特跑去。

桐人和發出「唔喔呀啊啊！」叫聲的克萊因等人一起默默揮著劍，亞絲娜看著他這樣的背

影並且皺起眉頭。

不知道為什麼，這次魔王戰期間，感覺桐人似乎比平時還要安靜。不對，從戰鬥前把小隊隊長交給克萊因負責開始，他似乎就不怎麼說話了。雖然想跟右肩上的結衣確認，但是又立刻閉起快要張開的嘴巴。現在必須集中精神在戰鬥上。

毫髮無傷就躲開尾巴攻擊的攻擊手們一起反攻，讓瓦吉特的七條ＨＰ條裡的第二條進入紅色區域。蛇身女神發出憤怒的叫聲，然後舉起握在右下方手臂上的銅製火把。

「要召喚小兵了！」

在克萊因這麼叫之前，亞絲娜已經稍微後退並且開始詠唱「純淨水面」咒文。光靠退到後方的兩支小隊，無法對付從整個大廳裡湧出的火焰妖精。把魔王交給火精靈領隊與風精靈領隊的小隊，亞絲娜的小隊應該去處理雜兵。

克萊因應該也做出這樣的判斷吧。他轉過頭來準備對亞絲娜做出指示，發現亞絲娜已經開始詠唱咒文後就咧嘴笑了起來。

「好了，我們退下處理火妖精吧……喂，桐字頭的老大！」

視線朝發出慌張聲音的克萊因看去，就發現稍遠處的桐人夾雜在其他兩支小隊當中準備突襲。跑了幾步後聽見克萊因的聲音便停下腳步。

桐人像要表示「抱歉」般舉起左手並趕了回來，持續詠唱的亞絲娜則是一直凝視著他的臉。平常的他在魔王戰當中不可能犯下這種錯誤。

是因為太過注意亞絲娜的抽離現象，導致於欠缺集中力嗎？或者是——還有其他的原因呢……

即使在腦袋角落思考著這種事情，嘴裡還是以超高速詠唱完咒文，亞絲娜隨即把右手的法杖高聲插在地面。透過靴子感受湧出冰冷聖水的她，終於無法忍耐而對著右肩的結衣呢喃。反正在保持這個魔法的期間也不能做其他事情。

「結衣，桐人的樣子好像……」

結果小妖精像是早就在等待她這麼說般點了點頭。

「是的，爸爸跟平常有點不同。」

「我想也是……到底是怎麼了……」

「我也不清楚……」

某方面來說，結衣比亞絲娜還累積了更多桐人這個人類的情報，既然連她都這麼說了，那麼今天的桐人絕對「跟平常不一樣」了。而他不尋常的原因想必跟亞絲娜的抽離現象有關。

——等戰鬥結束之後，再跟桐人好好聊聊吧。把昨天晚上跟剛才看見的不可思議光景全說出來。

內心如此決定後，亞絲娜就用力握住法杖，將意識集中在眼前的戰鬥上。

大約三十分鐘後──

似乎支撐到最後的桐人與克萊因兩個人被傳送到迷宮塔一樓的存檔地點。虛擬角色才剛實體化，刀使就握住雙拳大叫：

「咕哇啊啊啊──真可惜────！ＨＰ條只剩下一條而已啊──！」

結果和亞絲娜他們在同一個時間點「死亡回歸」的艾基爾就一邊苦笑一邊吐嘈道：

「就是那一條最困難啊。聽說瓦吉特跟下面那層的魔王一樣，ＨＰ剩下最後一條時攻擊模式就會改變了。」

「我當然知道，但都到最後一條了，不會覺得靠氣勢就能一鼓作氣幹掉魔王嗎？」

「怎麼可能！應該說實際上也失敗了吧！」

這宛如短劇般的對話，讓莉茲貝特和莉法以及共組聯合部隊的四支小隊玩家都發出大笑。

「抽離現象」在那之後就沒有出現，亞絲娜也盡了全力來戰鬥，但是第八層魔王攻略挑戰還是以全滅作為結束。不過大家臉上的表情都很開朗。聯合部隊募集者的風精靈隊長帶響著鋼鐵護腳走了過來，在帶著笑容的情況下向克萊因搭話。

「哎呀，我覺得已經很有機會了。七支小隊的話應該就能打倒了吧。」

「嗯，我也這麼認為！連攜的感覺也很不錯，如果那個時候火妖精的湧出沒有異常集中的話……」

「哎呀，沒有你們的話，在那之前的雷射就已經全滅了，你們確實很有一套喔。」

克萊因發出「嘿嘿」的笑聲，迅速握住風精靈伸出的右手。

放開手後，聯合部隊隊長先是露出些許思考的表情，接著把視線移到艾基爾與莉茲貝特等人的身上並且開口說：

「那個，你們願意的話，要不要先回城裡然後再次挑戰？這個時間的話，說不定還能再找到兩支小隊。」

「嗯，我當然沒問題嘍！老兄你呢。」

在克萊因詢問之下，艾基爾用英文回答了一句「Why not」，面對轉過頭的兩個人，其他四名女性也迅速表情贊同之意。

身穿紅色武具的刀使咧嘴一笑，開始說到「好，就這麼決定……」時，就輕抬起頭巾下方一邊的眉毛。因為他注意到平常一定會率先同意的一個人持續保持沉默。看向站在稍遠處的桐人，保持納悶的表情對著他搭話。

「喂，桐字頭的老大應該也要去吧？」

結果黑衣的守衛精靈像彈起來一樣抬起頭。彷彿都沒聽見之前的對話般露出笑容——但那在亞絲娜眼裡還是有些僵硬——並且表示：

「嗯……嗯嗯，當然了…………」

但這時視線立刻在空中游移。稍微緊閉的嘴角最後終於微微動了起來。

「…………不對……我之後有點事。抱歉潑大家冷水，但我必須先走了。」

「哦……噢，是沒關係啦……」

克萊因似乎想繼續說些什麼，但宛如要阻止自己一樣不停摩擦著下顎凌亂的鬍子。接著再次咧嘴一笑並開口說：

「好吧，之後就交給我們吧！我會傳抵達第九層的照片給你！」

接著旁邊的艾基爾也說出似曾相識的台詞。

「我也會寫八百個字的感想，告訴你瓦吉特掉了那些寶。」

「我很期待。」

稍微苦笑了一下後，桐人便對風精靈隊長點了點頭並且改變身體的方向。雖然一瞬間跟亞絲娜四眼相對，但卻像是要道歉般眨了眨眼，然後就快步朝著位於南方的迷宮塔出口走去。

亞絲娜可以感覺到坐在右肩的結衣嬌小的身軀瞬間緊繃。下一刻，亞絲娜在無意識中也有一隻腳準備往前跨，但最後還是忍住了。她是小隊唯一的魔法師。不能在這個時候離隊……

「亞絲娜小姐，妳過去看看吧。」

突然間聽到這樣的聲音。驚訝地轉過頭去，發現不知道什麼時候已經站在後方的莉法一邊微笑一邊抬起右手，然後輕推了一下亞絲娜的背部。

「別擔心，我會找到兩個人來加入。哥哥就拜託妳了。」

「…………但是……」

這麼呢喃的亞絲娜左右移動臉部，結果莉茲貝特、西莉卡、艾基爾以及克萊因都笑著依序點頭。

用力吸了一口氣，內心做出決定後，亞絲娜就深深低下頭去。接著撐起上半身，對伙伴以及聯合部隊成員大叫：

「抱歉，請讓我在這裡離隊吧！」

結果在旁邊注意事態發展的數十個人就傳出幾道「辛苦了！」「下次也請多多指教！」「雖然不知道怎麼回事，不過要加油喔！」的聲音。再次低頭行禮後，亞絲娜迅速轉過身子。

從存檔的房間往南延續數十公尺的通道上已經看不見桐人的身影。但是肩膀上的結衣卻以堅定的聲音說：

「爸爸朝南方的外圍部飛過去了！」

「謝謝妳，結衣。」

如此呢喃著回答她後，亞絲娜迅速打開視窗收納右手的法杖，接著朝迷宮塔出口跑去。

3

練功區曾幾何時已經籠罩在夜色之中。

阿爾普海姆的日夜是十六個小時輪迴一次，所以並沒有跟現實世界同步。現在時刻是下午五點過後，才剛過夏至的這個時期天空應該還是藍色，但是精靈鄉內甚至連殘照都已經消失。

艾恩葛朗特第八層是森林的樓層。第三層雖然也是以森林為設計概念，但相對於該處存在不少草原以及岩石地，第八層則完全是森林。最重要的是不存在地面這種東西。樓層表面被深水覆蓋而無法步行，不過有極度巨大的樹木（當然比世界樹伊格德拉修還要小得多）往四面八方伸展粗大的樹枝，而且架了無數的人工吊橋，玩家將利用它們在空中通道移動。

舊SAO時代要是不小心掉下去，就得在水中東奔西跑來尋找有梯子的樹，但現在沒必要擔心這件事了。亞絲娜從成為迷宮區容器的焦黑巨木跑出來後，立刻無視設置在附近樹上的螺旋階梯，強力振動背上的翅膀。

不只有迷宮塔，之所以就連周邊樹木都焦炭化——就設定上來說，這全都是新的樓層魔王火焰蛇神．瓦吉特幹的好事。舊時代的魔王怪物完全不同，而且這邊附近的樹也相當茂盛，應該是新營運企業ＹＭＩＲ程式設計師拚命把它們弄焦的吧。

幾乎是垂直上升了五十公尺左右，當視界有了一定程度的開闊後就進入水平飛行。由於聳立於這層的巨樹樹梢觸碰到第九層底部，所以就算再飛五十公尺也無法出現在森林上空。也就是說，舊ＳＡＯ時代這裡是少數努力爬樹的話就能直接用手觸碰下一層底部的樓層之一，當然沒有人能在上面挖洞。

亞絲娜穿梭飛在直徑應該有十公尺的樹幹之間，同時對從肩上移動到胸口的結衣問道：

「桐人到哪裡了？」

「馬上就要抵達外圍部。再離遠一點就無法探測到爸爸了！」

「了解！真拿他沒辦法，果然很快。」

亞絲娜把雙臂用力貼緊身體然後全力加速。雖然立刻習慣ＡＬＯ獨特的飛行系統，兩天就不用輔助控制器，但認真的飛行還是比不上桐人與莉法。靠著掛在樹木間的吊橋上燃燒著的油燈光芒，在幾乎快撞上障礙物的距離下一邊閃躲一邊飛行。

最後前方透出了藍色光芒。月光——馬上就要到外圍部了。桐人應該早就飛出浮遊城了吧。當亞絲娜這麼想時，結衣就再次大叫。

「爸爸沿著艾恩葛朗特的外牆往上飛了！」

「咦……」

亞絲娜稍微瞪大眼睛。由於桐人說「之後還有事」，原本以為是為了登出而前往世界樹城市。但是仔細一想就發現，如果是急著登出，只要到第八層各處的城鎮旅館就能完成，就算要到世界樹城市，現在只要到第一層的起始的城鎮就能直接傳送了。

也就是說，桐人的目的地是ALO的……不對，是艾恩葛朗特上層的某處。

但是六月二十二日的現在，艾恩葛朗特的最前線就是這個第八層。第九層以上的樓層都從外圍部完全封鎖，沒有辦法從外面入侵。亞絲娜以前曾經跟桐人、莉茲貝特等人一起試著要飛到應該存在於第一百層的「紅玉宮」，但是到了第五十層附近就抵達飛行高度界限，唯一能參觀到的就是無限延伸的鋼鐵外牆。

桐人應該知道無法進入上層，那麼他到底要到什麼地方去呢……

這麼想著的亞絲娜，從第八層南端開口處飛向無限的天空。

一抬頭仰望就發現天空中掛著巨大滿月。月光讓浮遊城封閉的外牆發出藍白色光輝。一道小小的黑影正在快要碰到牆面的距離下往上升。看起來很快就抵達第十五層附近。一直線的飛行讓人感到某種緊繃感，亞絲娜一瞬間猶豫自己是不是該追上去。

「桐人……」

無意識中這麼呼叫的同時，從短袍領口探出頭來的結衣也呢喃著「爸爸……」。聽見這道細微聲音時，亞絲娜內心就做出了決定。她彎曲雙腳，全力往空氣踢去。筆直地伸展身體，像支藍色的箭一樣緊急上升。

跟桐人的距離是艾恩葛朗特的七層樓那麼遠——也就是七百公尺。舊ＳＡＯ時代的話，七層以上就等於是另一個世界，但那也是過去的事情了。現在的亞絲娜擁有四片發出水藍色光芒的翅膀。

亞絲娜拚命飛翔追著心愛的人，內心同時有了預感。雖然不知道桐人要到哪去，但是那個地方一定有解開這種「抽離現象」的答案。他應該是藉由跟結衣的對話獲得某種假說，然後現在正準備加以確認。

遙遠的上空中，撕裂虛擬大氣往前飛行的桐人，即使超過二十層也沒有放慢速度。就連有兩人的「森林之家」等待著的第二十二層也沒有停止，而且瞬間就通過大規模公會「艾恩葛朗特解放隊」崩潰的第二十五層。究竟要到什麼地方去呢……當亞絲娜這麼想的瞬間，黑影就以銳角完成了空翻。身體整個衝向聳立在旁邊的黑色鋼鐵外牆。

「啊……！」

預測到會猛烈衝撞，亞絲娜就發出簡短的叫聲，但是桐人在撞上牆面之前就張開翅膀緊急減速。雖然沒有用足以減少ＨＰ的速度撞上去，但桐人雙手敲打牆面的衝擊還是傳遞到仍在遙遠下方的亞絲娜身上。

那個地方是……第二十七層。

主街區的名字記得是叫「隆巴爾」。整個樓層都是凹凸不平的岩山，城鎮與迷宮是挖穿山脈所建立。由於可以獲得豐富的礦石道具，所以ＳＡＯ時代職業是工匠的玩家很喜歡這一層，但是亞絲娜對它沒有太深刻的印象。金屬元素系的魔王怪物還算是棘手，但她記得只在這一層待了短短幾天。

這部分的情況，同為攻略組的桐人應該也一樣才對。但是為什麼他現在會來到第二十七層呢？

亞絲娜專心凝視著的前方，可以看到黑色剪影雙手按著鋼鐵外牆一動也不動的模樣。簡直就像是祈禱牆壁就會打開一樣。

但是無法破壞的障壁當然沒有回應他的要求。亞絲娜在抵達第二十六層附近時就放慢速度，最後幾乎是在任由上升氣流帶動的速度下抵達桐人的身後。

沒有辦法開口搭話，胸口的結衣也保持著沉默。這個高度也幾乎不會出現飛行型的怪物，所以存在於三人周圍的就只有森森灑落的月光、吹拂而過的夜風以及鋼鐵的浮遊城。

最後桐人把雙手從第二十七層的外牆上移開。緩緩放下雙手，微微振動翅膀轉過頭來。

「……亞絲娜、結衣。」

呼喚兩人名字的嘴角帶著淺淺笑容。在認識兩年八個月的歲月之中，不太常看到他露出這樣的表情。

「桐人……」

如此對他呢喃完後，亞絲娜稍微拉近距離，但是猶豫著是不是要繼續靠近。雖然有許多事情想問，但是卻不知道從何開口。

把視線從呆立在空中的亞絲娜身上移開，桐人環視周圍後指著右下方說：

「我們到那裡去聊吧。」

一看之下，從浮遊城的外牆上出現宛如橋梁般的突起。長度大概只有三公尺左右，但是已經足以充當長椅了。點點頭後，亞絲娜就跟桐人一起移動，然後靜靜在鋼鐵橋梁上坐下來。

就坐在左邊近處的桐人抬起右手，以指尖溫柔地撫摸只從亞絲娜衣領露出臉來的結衣頭部。在保持內心帶著某種傷痛般的微笑之下，以平穩的口氣開始訴說。

「……抱歉喔，結衣。另外……也讓亞絲娜妳擔心了。」

結衣從亞絲娜的衣服裡面竄出後輕坐到桐人右肩來取代回答。圓滾滾的黑色眼珠筆直地看著亞絲娜，像在做出「媽媽，快一點啊」的催促。

對她點了一下頭後，亞絲娜便下定決心開口問道：

「桐人……這裡……第二十七層發生過什麼事？」

雖然暫時閉上嘴，但稍微思考一下後，又重新說出後半句話。

「…………以前的第二十七層……發生過什麼事……？」

剎那間——

自己的話變成打開記憶的鑰匙，亞絲娜大大地張開雙眼。

這一層確實有事發生過。亞絲娜過去曾經從桐人那裡聽說過。雖然沒有具體說出是在第幾層，但現在已經極為明顯了。這一層一定……發生過造成桐人拒絕公會與小隊，持續以攻略組唯一獨行玩家戰鬥的那個事件…………

「嗯……沒錯。」

應該是從表情察覺到亞絲娜的內心了吧，桐人微微點頭肯定了她的想法並且表示：

「我初次加入的公會『月夜黑貓團』就是在第二十七層的迷宮區裡全滅……」

桐人在兩人於森林房子前結婚的前兩天，告訴亞絲娜一直深藏在內心的黑貓團悲劇。也就是二〇二四年十月二十二日的事情。

在第二十二層的森林裡首次遇見結衣是在當天的一週之後，到了現在結衣也還只是知道那件事大略的經過。桐人沒有再次詳述過去的情形，只是用沉靜的聲音開始說起目前的事情。

「……今天結衣告訴我玩家的強烈感情可能會以寄宿於地形或道具的形式保存於SAO伺服器時……我就有了這樣的想法。那麼黑貓團眾成員的感情或許也殘留下來了……在第二十七層迷宮區的隱藏房間裡，被礦石妖精與黑暗矮人殺害的瞬間所產生的恐懼與絕望…………」

——————！

聽到這句話的瞬間，亞絲娜腦海裡就清晰地浮現和瓦吉特戰鬥時降臨的幻影。

由砂岩磚塊隨機堆成的外觀，無疑是屬於舊艾恩葛朗特第二十七層迷宮區。然後擠滿狹窄房間的大量妖精與矮人。那不就是現在桐人所描述的光景嗎？

「…………桐人。」

亞絲娜從喉嚨擠出細微的聲音。原本伏下臉部的桐人抬起頭來，亞絲娜便試圖向他說明不可思議的現象。魔王戰中所看見的，應該成為月夜黑貓團滅團舞台的隱藏房間所出現的光景——昨晚登出之後，從自己房間所見到的城鎮夜景。潺潺水道與滲出夜霧的街燈……

「………………」

這時就連桐人都感到驚訝，有好幾秒鐘說不出話來，最後還是緩緩點點頭。

「……我想不會錯了。夜晚的城鎮……是黑貓團唯一一名女性玩家的記憶吧……這也就是說……讓亞絲娜產生『抽離現象』的是因為……」

說到這裡就一瞬間停了下來，然後用更加細微的聲音繼續說：

「——幸在呼喚的緣故嗎……但是——為什麼不是我……而是亞絲娜呢…………」

回答這一半是對自己所說，一半是茫然呢喃的是自今為止都保持沉默的結衣。

「我想那是因為……現在的爸爸使用的是跟ＳＡＯ時代不同的帳號與角色。」

「……………！」

下一個瞬間，桐人就像彈起來般撐起上半身，然後往下看著自己戴著黑色皮革手套的雙手。亞絲娜知道那雙手掌與手指的形狀跟ＳＡＯ時代有些許的不同。

為了在ALfheim Online開始非死亡遊戲的普通遊戲生活，亞絲娜就不用說了，就連莉茲貝特、西莉卡、克萊因、艾基爾以及其他許多的生還者幾乎都是把ＳＡＯ時代的虛擬角色與帳號資料直接轉移到ＡＬＯ。但是只有桐人一直使用為了把亞絲娜從鳥籠救出來而新創的，外表看起來有些淘氣的守衛精靈。

如果桐人讓以前的帳號復活，那麼名為幸的女子或許保存在新艾恩葛朗特第二十七層某處的情感——呼喚的就不是亞絲娜而是桐人了吧。可以預測那個時候發生「抽離現象」的也會是桐人。

但是幸為什麼會選擇，不對，應該說為什麼可以選擇亞絲娜來代替桐人呢？

她在亞絲娜跟桐人結婚的一年多前應該就過世了。當時亞絲娜作為新創公會「血盟騎士團」的副團長，只努力朝強化公會與樓層攻略的道路邁進。和桐人只有在作戰會議以及魔王攻略戰時才會碰面，完全不知道他曾經加入「月夜黑貓團」，以及那個公會除了他之外的成員已經全滅的事實。反過來說，黑貓團的幸甚至沒聽過亞絲娜的名字才對。

這次換成結衣來回答這個疑問。

「媽媽現在使用的角色……嚴格說起來，現在依然跟爸爸以前的虛擬角色處於結婚狀態。因為目前ALO裡沒有結婚系統，所以狀態上沒有顯示出來……但角色檔案還是跟以前的爸爸有關連。」

「是……是這樣嗎？」

即使在這種狀況之下，亞絲娜還是因為過於驚訝而叫了出來。

桐人雖然也瞪大眼睛，但一陣子後才呢喃了一句「這樣啊……」。

「……幸過世的時候……我也在現場。幸臨死之前的感情不只在第二十七層迷宮區的那個地點，也跟我以前的虛擬角色有所連結並且保存於伺服器內了吧。但我已經換了虛擬角色……所以幸的感情所發出的訊息，目標就變成依然跟以前的我連結在一起的亞絲娜……應該是這樣吧……」

這些是到目前為止還算可以理解的事情。但是依然有搞不懂的部分。

「……但是，為什麼是『現在』呢……」

亞絲娜把視線移向聳立於左側近處的浮遊城外牆並且繼續說道：

「抽離現象是我首次潛行到ALO後經過三週左右才第一次出現。而且最近發生的頻率越來越高。也開始產生之前沒有過的記憶混雜般現象……」

「…………那是因為……」

只說了一句話後，桐人突然就打開視窗。凝視著時間顯示一陣子後才吸了一大口氣，以有些緊繃的聲音宣告：

「……幸是在二〇二三年六月二十二日過世……也就是兩年前的今天。時間是……下午五點四十五分。再過三分鐘後……」

「…………！」

亞絲娜不由得屏住呼吸。坐在桐人肩膀上的結衣也把黑色眼睛瞪大到極限。

桐人消除視窗，抬頭看著曾幾何時整個布滿星星並且開始發亮的夜空，靜靜地開始訴說。

「…………我……在ＳＡＯ裡見過許多玩家的死亡，甚至有用自己的劍了結生命的人。所以……原本決定不再把黑貓團和幸的死當成特別的事件。在之前的艾恩葛朗特時，黑貓團作為據點的旅館前面有一棵樹，我把它當成墓碑而經常前去參拜……但現在旅館所在的第十一層以及眾人過世的第二十七層都還無法進入……所以決定今天和大家一起玩時到了那個時間就稍微默禱一下……然後就把這件事做個了結……但是聽見結衣的話……發現造成亞絲娜抽離現象的原因可能是幸保存在伺服器的感情，就忍不住想要親自過來確認……」

桐人雙手放在大腿上，然後緊握起拳頭。在深深垂下頭的情況下，以壓抑的聲音繼續往後說下去。

「…………如果那個瞬間幸的感情……恐懼、絕望、悲傷被記錄在伺服器裡，現在也想傳

達給某個人的話……那就是獨自活下來的我應該負起的責任。但是我卻換了虛擬角色，捨棄了過去……就因為這樣，害得幸失去目標的感情……轉移到亞絲娜身上…………」

「…………桐人。」

亞絲娜一邊不斷搖頭一邊呼喚愛人的名字。由於有太多想要傳達給他知道的事情，反而不知道該從何說起。正當亞絲娜因為過於焦躁而感到呼吸困難時——

「你錯了，爸爸！」

凜然這麼大叫的是結衣。她從桐人的肩膀上飛起來，移動到他臉部正面後，緊握住小小的雙手並且拚命訴說：

「Cardinal系統記錄的是無法解析格式的特別感情。這麼說或許不太好，但SAO內玩家臨死前的恐懼與絕望並不是什麼特別的感情。系統運作後短短兩個星期，絕望的RAW檔案就不再被保存下來了。所以，如果幸小姐的感情殘留在伺服器裡面……那就絕對不是絕望與恐懼才對！」

結衣拚命的呼喊讓桐人稍微抬起一點臉龐，然後以沙啞的聲音呢喃：

「…………那麼……幸殘留的感情是…………」

亞絲娜沒辦法把這句話聽完。

六月二十二日，下午五點四十五分十三秒。發生了至今為止最大的「抽離現象」。

臂部下方鋼鐵梁柱的硬度、氣流吹過高空的冰冷程度、魔法師用布裝備的觸感等一切全都遠去。強烈的浮遊感籠罩全身，虛擬身體的重量消失無蹤。

而亞絲娜的意識終於完全脫離虛擬角色了。漆黑浮遊城的巨軀、滿天星光也都被白光覆蓋過去。

靈魂被吸進光之迴廊，然後被帶到某個地方去……

回過神來才發現站在沒看過的房間裡。

房間不算太寬敞。家具也只有一張簡樸的床與木製的桌子。從唯一的窗戶可以環視讓人聯想到歐洲鄉下城市的街景。石頭與鐵的蓋子取代天空往四處延伸。這裡不是現實世界……而是艾恩葛朗特的某個城市。感覺各個家庭的屋頂與牆壁都似曾相識。大概是第十一或者第十二層的主街區。也是現在應該尚未開放的樓層。

雖然是夜晚，但照明只有牆上的一盞油燈，所以略顯昏暗。這裡應該不是玩家房屋，而是旅館的一間房間吧。亞絲娜繞過床鋪，走向大門並把手朝門把伸去，但是手卻穿越過去而完全無法握住。看了一下自己的身體後，驚人的是已經不再是水精靈魔法師了。身上穿著白色與紅色基調的騎士服。另外還有同色的長手套與長靴。腰間雖然沒有細劍，不過這無疑是血盟騎士團時代的服裝。但是全身卻像幻影一樣透明。

當心裡想著「到底怎麼回事」而抬起頭的瞬間——

床鋪上的空間開始搖晃，並且出現朦朧的人影。

那是一名體格纖細的女性玩家。她背對亞絲娜坐在白色床單上。身穿淺藍色女性緊身上衣與迷你裙。身上沒有配戴防具。整齊地剪到肩膀上面一點的頭髮是略為泛藍的黑色。光是靠背影就能知道是年紀相仿的女孩子。

女孩子似乎正左右搖晃著上半身。剛浮現「是在唱歌吧」的想法，耳朵就聽見溫柔的歌聲。是有名的聖誕歌曲。對方很可愛地一個字一個字緩緩持續歌唱。

聽著歌唱當中，亞絲娜的視界開始有幾個光粒搖動著。曾幾何時，雙眼已經盈滿淚水。強烈的感情讓胸口揪緊。女孩子的心情乘著旋律流入內心。絲毫不存在恐懼或者絕望的心情。盈滿溫暖且宛如春陽般感情的，只是純粹的……

當一滴淚水從亞絲娜右眼滑落的同時，歌聲也結束了。

女孩子站起來，無聲地轉過身子，隔著床鋪與亞絲娜相對。

因為雙眼溢出的光芒而看不清楚對方的臉。只能看見露出微笑的嘴角悄悄動了起來。

耳朵聽見了聲音。

妳幫我傳達吧。

就說我很幸福。

再次有純白的光芒包裹住亞絲娜。女孩、房間與街景逐漸遠去。

把身體交給浮遊感的亞絲娜了解到——這應該是最後的「抽離」了。

亞絲娜緩緩抬起眼瞼。

無數的星星正在泛藍夜空中閃爍著。聳立的鋼鐵之城以及掛在其前端的巨大滿月。

稍微移動視線，就看見桐人與結衣以擔心表情窺看著自己的臉龐。亞絲娜的身體被桐人的右手支撐著。

「……謝謝，我不要緊了。」

呢喃完撐起身體後順便瞄了一眼自己的服裝，發現當然已經恢復成原本的藍色短袍了。

「亞絲娜…………」

在帶著擔心與詢問的口氣呼喚之下，亞絲娜再次看向桐人。雖然稍微猶豫了一下該從何說明起，但立刻就注意到應該說的事情已經存在心中。

「幸小姐她臉上掛著笑容喔。」

亞絲娜一這麼說，桐人的雙眼就瞪得老大。

亞絲娜筆直地回望著星星的反射光逐漸增加的黑色眼睛，同時灌注所有心意來說出女孩子託付給自己的話。

她就像幸一樣，唱起了聖誕歌曲。

4

「那一天」的隔天——六月二十三日，星期一，晚上九點。

亞絲娜再次待在新艾恩葛朗特第八層主街區「斐利潘」裡。

昨天亞絲娜與桐人離開後所舉行的第二次魔王攻略戰依然是功虧一簣。但是已經發現HP條剩下最後一條時的攻略法，因此組成聯合部隊的所有人約好隔天要第三次挑戰魔王。

這次桐人和亞絲娜當然會參加，而且還有尤金將軍與朔夜領主各自率領一支火精靈陣營與風精靈陣營的最精銳小隊加入，這時作為集合地點的轉移門廣場就籠罩在比昨天更加熱絡的氣氛當中。

「話說回來，真的很惶恐耶……」

如此對克萊因搭話的是這次依然擔任聯合部隊總領隊的風精靈劍士。雖然一開始不願意在部隊內有種族領主的情況下出面擔任指揮官，但是確實沒有幾個在朔夜本人隨著媚眼說了一句「拜託你了」之下還能拒絕的玩家——如果是男性就更不用說了。

「能夠同時把朔夜小姐和尤金將軍找來，你到底是何方神聖？」

風精靈隊長這麼詢問後，克萊因就笑著回了一句「哎呀，沒那麼誇張啦，哈哈哈」，結果被艾基爾吐嘈「不是你的人脈吧」，當亞絲娜以無奈的心情看這種光景時，就聽見身後桐人和結衣的聲音。

「咦……咦咦？改變髮型？」

「沒錯！」

亞絲娜回頭對兩人問道：

「桐人、結衣，怎麼了嗎？」

「沒有啦，其實呢……」

守衛精靈抓起一撮衝冠的黑髮，以困擾的表情說：

「結衣說這樣很難坐在我頭上，所以要我改變髮型……但是髮型變更並不便宜……」

結果站在桐人肩上的結衣就兩手扠腰來提出反駁。

「我覺得偶爾可以把錢用在武器防具和賭場之外！而且待在高處也有助於我收集情報的效率！」

「等一下，結衣。妳剛才說武器防具還有什麼……」

「哇——好啦！我知道了！等今天的魔王戰結束我立刻就換！」

似乎突然改變主意的桐人這麼大叫，但結衣卻還是搖了搖頭。

「距離集合時間還有十分鐘！有這麼多時間的話，已經足夠到那邊的理髮廳去改變髮型了！」

「是是是……那麼亞絲娜——抱歉喔，我去去就來，再來就拜託妳了。」

「嗯……嗯。路上小心。」

揮手目送兩人離開的亞絲娜突然想著。

現在的守衛精靈虛擬角色雖然長相和髮型都跟ＳＡＯ時代不同，但是把倒立的黑髮放下來的話，氛圍倒是頗像以前的桐人。

雖然不至於希望他變回ＳＡＯ時的模樣，但那倒是頗令人期待，於是亞絲娜就對剛好從轉移門現身的莉茲貝特、西莉卡與莉法招手。

「大家快點過來！」

「怎麼了嗎？」

亞絲娜一邊對露出疑惑表情的莉茲貝特等人招手一邊笑著大叫：

「那個啊，桐人他呢……」

（完）

022-03

# 彩虹橋

§ 阿爾普海姆
二〇二五年七月

# 1

染上紫色的天空遠方，浮著發出暗紅色光輝的城堡。

新生艾恩葛朗特實際上線後明明已經過了兩個月，像這樣從阿爾普海姆的海平面往上看，依然每次都會產生不可思議的感覺。實在很難相信那個小小的構造物，和過去存在於其他世界空中的浮遊城是完全一樣大。

只要張開背上的翅膀起飛，朝著遙遠上空的新生艾恩葛朗特上升，最後城堡當然會變成無法盡收於視界的雄偉模樣。從外圍開口部降到第一層時，該處已經是有山脈與湖泊的廣大練功區了。從這一頭走到另一頭的話，應該得花跟舊艾恩葛朗特一樣的時間吧。

即使知道這一點，我還是忍不住想起一些事。

像是被關在那個城裡兩年。浪跡於沒有道路的荒野，與凶惡怪物戰鬥，還有跟許多人相遇以及別離。在第七十五層與希茲克利夫戰鬥，和他同歸於盡來終結死亡遊戲。還有這些事情真的都是現實嗎？

或者是——

為了追蹤持續昏睡的亞絲娜而降落到阿爾普海姆，經過短暫卻忙碌的旅程後從惡意的監牢裡把她解放出來。和過去的伙伴與新朋友一起往來於現實以及虛擬世界過著安穩的生活。而這些事情真的都是現實嗎？

當我轉動這無止盡的思緒，默默往上看著夕陽照耀下的浮遊城時——

突然從腳邊湧起「咕哦哦哦哦——————嗯」的號角般巨大聲響。灰白色地面劇烈晃動，我只好踏穩虛擬角色的雙腳。反射性舉起雙手，以右手抓住亞絲娜，左手抓住克萊因的手。

「嗚哇，怎……怎麼了？」

莉茲貝特這麼大叫……

「不……不會要把我們從這邊甩下去吧？」

克萊因如此叫喚……

「到時候飛起來就好了。」

就在艾基爾冷靜地這麼吐嘈之後。

原本就存在於前方地面的小洞一口氣擴大，然後有大量的水宛如間歇泉一樣迅速噴出。

「啾————！」「哈哇哇————！」

這樣的悲鳴來自於剛好在洞穴正上方的小龍畢娜，以及跨坐在畢娜身上的小妖精結衣。雖然被突如其來的水流抬高五公尺以上，但這時候畢娜張開雙翼來取得平衡，然後在噴水頂端輕輕地盤旋。兩秒前的悲鳴就像騙人一樣，結衣正發出歡喜的笑聲。

我以左手擋住降下的細小水滴，一邊和亞絲娜面面相覷，然後嘴角同時露出微笑。

「……嗯，本來就會噴水了吧。」

結果亞絲娜也點點頭並且回答：

「因為怎麼說都是隻鯨魚啊。」

沒錯。搭載由我和亞絲娜、莉法、西莉卡、莉茲貝特、艾基爾、克萊因等七個人加上結衣與畢娜組成的小隊在海上游泳的，是身軀巨大到連邪神級怪物都要赤腳逃走的白鯨。

當所有人都點頭同意後，隨著噴水結束從上空降下來的結衣就邊移動到亞絲娜左肩邊說：

「現實世界的鯨魚先生，實際上不會從噴氣孔排出海水喔。只是在海面附近噴氣時連同海水一起噴上去而已。」

「這樣啊——！」

七個人異口同聲地這麼表示。

依然展現著博學多聞一面的結衣很自傲般把嬌小的雙手扠在腰上。覺得那種模樣很可愛的我，再次抬頭看向飄浮在夕陽天空中的鋼鐵之城。

由於新生艾恩葛朗特是在遙遠上空以很快的速度繞著阿爾普海姆旋轉，所以外觀已經變得比剛才看見時更小。我凝眼看著下方五分之一處的地點——充滿回憶的第二十二層附近。

目前雖然只開放到第十層，但是將來一定會開放第二十層以上的樓層。再次看見那棟蓋在積雪深厚的森林深處的圓木屋時，我應該會有某種感概吧。感覺到過去的艾恩葛朗特消失在記憶遠方，以及自己回到遊戲是用來遊玩的世界了。

白鯨把我們從漂浮在阿爾普海姆西南海上的托雷島載到風精靈領地內的海灘，接著就發出宛如巨大低音號般的聲音催促我們下來。以溫柔眼神看著小隊從背上跳下後就悠然反轉，帶著隨從海豚朝著水平線那端的鮮紅夕陽游去。

「鯨魚先生——謝謝你——！下次也請讓我們坐在你背上喔——！」

白鯨再次以高高的噴水回應結衣的呼喊，然後巨大身軀就一點一點沉入海裡，最後完全消失不見。坐在亞絲娜肩膀上的結衣也輕輕放下拚命揮動的手。

我微笑著對略顯寂寞的側臉搭話道：

「一定還能見面。感覺剛才的任務應該還有後續。」

「哦，沒錯喲，桐字頭的老大！」

大聲插嘴把離別的餘韻全部打散的當然是克萊因。他摩擦著粗糙的凌亂鬍渣，以納悶的表情繼續表示：

「說起來那個任務究竟是怎麼回事？人魚公主是老爺爺，然後老爺爺又是大章魚，大章魚又是深淵之王兼什麼神族的，我真的完全摸不著頭腦。」

「一開始的人魚公主單純是你的願望吧。」

雖然反射性這麼吐嘈，但我也無法立刻回答克萊因的問題。稍微瞄了一下眾伙伴，發現過去被稱為攻略之鬼的亞絲娜，還有對北歐神話相當了解的莉法、智慧型坦克艾基爾、莉茲貝特以及西莉卡都雙手抱胸發出沉吟聲。

今天──二〇二五年七月二十五日，星期五。

我們為了實現結衣「想看鯨魚」的願望而挑戰聽說會出現巨大水棲型怪物的任務「深海掠奪者」。

在NPC的老爺爺請託下到迷宮裡尋找道具──原本以為是這種常見的跑腿任務，但其實老爺爺才是幕後黑手，我們在不知情的情況下搶走封印在海底神殿裡的寶物，不過這說起來也是常見的故事，但接下來的發展不知道該說是緊急還是超級，總之老爺爺變成擁有七條HP條的超巨大章魚型怪物「深淵之王‧克拉肯」，然後才舉一隻手，不對，是一隻觸手就輕輕鬆鬆把我們逼入瀕死狀態，剛浮現「沒救了」想法的瞬間，又從上方降下名為「海王‧利維坦」的超巨大大叔，兩人進行了一段難解的對話後克拉肯就沉入深海，利維坦則回收我們從神殿拿出來的珍珠（實際上是一顆大蛋），然後就響起樂聲宣告任務結束──現在想起來，依然是讓人丈二金剛摸不著頭腦的任務。

即使一片茫然，還是對傳聞中的水棲型怪物原來是克拉肯感到失望，結果自稱海王的大叔就召喚白鯨把我們送到這片沙灘來，總算是達成了讓結衣看鯨魚這個初期目標。雖然已經很值得慶祝，但也很了解克萊因表示「摸不著頭腦」的心情。

沉吟了一會兒之後，我就環視伙伴們的臉並且說：

「有人正確地記住章魚老爺爺說的話嗎？」

如果是固有的MMORPG，只要在訊息視窗上捲動滑鼠滾輪就能參照任務中的對話，但是VRMMO基本上沒有那麼方便的機能。因此就有以水晶錄下可能含有重要情報的活動對話這樣的技巧，但這次實在沒有這樣的時間。

聽見我的問題後，六個人同時歪起頭來，接著就搖了搖頭。

「唉，果然是沒有魔法師，只有一大堆前衛的小隊。」

當我夾雜著嘆息這麼評論時，莉茲就以投手的投球動作抬起右手，然後用食指連續指著我三次。

「你也一樣！沒有資格！說別人吧！」

「……是的，對不起。」

但這時候從亞絲娜肩膀上飛起來的結衣，一面擺出利維坦降臨海底般的姿勢一邊降落在我頭上。

「真拿你們沒辦法。雖然有點作弊，但是就由我來重現對話吧！」

隨著所有人「喔喔～」的感嘆聲，挺起胸膛發出「耶嘿！」的聲音後，小妖精才靈活地模仿章魚與大叔的口氣開始說起話來。

利維坦：「久違了，老友啊。還是一樣喜歡打壞主意嗎？」

克拉肯：「我才想問你這傢伙要當阿薩神族的走狗到何時呢。海王的名號都在哭泣了。」

利維坦：「能夠當王，我已經很滿足了。而這裡是我的庭院。你明知道這一點，還是想戰鬥嗎，深淵之王？」

克拉肯：「……我今天就先離開吧。但老友啊，我可不會放棄。哪一天一定會把聖子之力占為己有，給可恨的諸神一點顏色瞧瞧，那個時候再見了……」

利維坦：「那顆蛋將來會成為支配所有海洋與天空的偉大存在。必須將其移至新的聖所才行，把它還給我吧。」

「……以上就是剛才的對話了！」

結衣結束對話的重現後，七個人就一起拍手，坐在西莉卡頭上的畢娜也不停拍動翅膀。

「謝啦，結衣。」

對優秀的女兒道謝後，我再次陷入沉思並繼續發言。

「嗯……令人在意的專有名詞是『阿薩神族』和『聖子』吧。感覺好像在哪裡聽過……」

「我知道！」

迅速舉起手來的是風精靈族的魔法劍士莉法。成員裡面對於神話與傳說類造詣最深的她，往前走一步後流暢地開始解說。

「阿薩神族是北歐神話裡出現的神明一族喔！主神奧丁、雷神索爾還有喜歡惡作劇的洛基等大家應該都聽過吧？」

「聽過聽過。」

看見六個人點頭同意後，莉法也用力點頭回應眾人……

「那麼聖子是……」

「嗯嗯嗯。」

「完全不知道！」

「唰」一聲很夠意思地做出跌倒的模樣後，所有人就再次思考了起來。

接著發言的是貓妖族的馴獸師——西莉卡。

「嗯……也就是說，克拉肯老爺爺雖然看阿薩神族不順眼，但是現在還贏不了祂們，所以想獲得『聖子的力量』來變強……應該是這樣吧。」

「連那隻大章魚的驚人怪力都敵不過，阿薩神族到底有多強啊……」

小矮妖莉茲貝特甩著帶有金屬光澤的粉紅色頭髮說道。

「那是當然，對方可是神明耶。」

水精靈族的亞絲娜如此附和。這時以驕傲口氣插話進來的是火精靈族的克萊因。

「沒錯喲，像你這樣的年輕傢伙可能不知道，但是奧丁可是最強等級的神明。一被召喚出來就會『滋啪』一聲把怪物一刀兩斷……」

「喂喂，那不是神話故事了吧。」

大地精靈族的艾基爾露出傻眼的表情這麼吐嘈，包含結衣在內的所有人都笑了起來。

可以理解克萊因的台詞出自何處的我則是露出苦笑，然後思考起為什麼這段對話總是讓人感到不對勁。

答案立刻就降臨了。

克拉肯與利維坦怎麼說都只是任務中登場的ＮＰＣ——就算其實是魔王級怪物也一樣。他們的對話應該只是營運ＡＬＯ的企業「ＹＭＩＲ」的劇本家所寫的情節。

但是我們卻覺得克拉肯他們說話時像是存在自己的意識一樣。

其理由恐怕是因為他們說的話實在太像人類了。克拉肯嘴硬地說著「我可不會放棄」時那種悔恨的模樣，足以讓人覺得「這隻大章魚應該經歷了許多苦難」。

或許……克拉肯與利維坦不只是普通的ＮＰＣ？

我和亞絲娜在舊艾恩葛朗特的攻略初期曾經遇見女性黑暗精靈騎士並且跟她一起冒險。名為基滋梅爾的她明明是ＮＰＣ，但絕不是只會重複固定台詞的可動物件。她具備自然地與我們進行對話的能力……甚至擁有可以稱為意識的存在。

ＡＬＯ和舊ＳＡＯ運用的體系結構幾乎一模一樣。也就是說，光看控制系統（Cardinal）的能力，還是存在跟基滋梅爾同樣「高度ＡＩ化ＮＰＣ」的空間。

但是，如果是這樣……克拉肯就成為雖然是任務ＮＰＣ，但是不按照任務劇本來行動的存在了吧？獲得什麼「聖子之力」，然後對阿薩神族揭起反旗是那隻大章魚自身的意志……？

「…………不會吧。」

自覺己身的思考已經逐漸進入荒唐無稽的領域，我便如此呢喃來中斷推測。剛好在這個時候，正奮力在對西莉卡他們解說美好的古老年代當中，奧丁和巴哈姆特有多強大的克萊因，突然發出反常的叫聲。

「啊啊啊！糟糕！我預約了十點要送披薩來！」

「喂喂，只剩三分鐘嘍。從這裡飛到司伊魯班要十分鐘喔。」

艾基爾冷靜的責難讓克萊因抱住頭部全力仰起身體。

「本大爺的海鮮披薩和生啤酒啊——！」

我對這很久前聽過的台詞感到懷念，同時走向刀使，拍了一下他和風鎧甲的寬大袖子。

「我們在這裡保護你的角色到消失為止，你就在這裡登出吧。這次得好好地收下才行。」

結果克萊因眨了一下眼睛後，像是理解我的話代表什麼意思般發出「嘿嘿」的笑聲。

「說得也是。那我就不客氣了，今天就在這裡跟大家告別嘍。」

「幫我跟披薩上的蝦子、螃蟹、花枝和章魚問聲好。」

克萊因因為莉茲的發言再次露出微妙的表情，接著便打開主選單。

「那麼各位，辛苦了！」

按下登出鍵後，火精靈的虛擬角色就自動進入單膝跪地的姿勢，閉起眼睛靜止不動了。

ALO裡為了防止對人戰的「登出脫逃」，採取了即使在練功區登出虛擬角色也會暫時留在現場的方式。當然也會被怪物當成攻擊目標，下一次登入時變成殘存之火的可能性相當高。因此在圈外登出的話，一般會由伙伴來保護虛擬角色直到限制時間結束然後角色消失。幸好這片沙灘附近不會湧出太強大的怪物，於是我把視線從克萊因身上移到大家身上並提案：

「有其他人想登出的話也沒關係喔。我會在這裡守護到最後。」

結果亞絲娜率先露出不好意思的表情並舉起右手。

「那個……我也可以登出嗎……」

我雖然還沒碰過面，但是聽說過亞絲娜的母親是相當嚴格的人，於是急忙點頭。

「當然可以了，今天辛苦了！」

「嗯，今天也謝謝大家，大家辛苦了！」

迅速操作登出手續的亞絲娜進入待機姿勢，接著就是表示得準備明天食材的艾基爾、有想看的電視節目的莉茲，還有要完成今天回家作業的西莉卡希望立刻登出，所有人同時離開了精靈鄉。

等西莉卡進入待機姿勢，畢娜就像要保護她的虛擬角色般在她頭上開始左顧右盼，心裡想著「真了不起……」的我就伸了一個大大的懶腰。

結果就和同時擺出相同姿勢的莉法四眼相對。

不知道為什麼同時笑了起來後，我就朝西方的水平線看去。

曾幾何時太陽已經完全消失，水平線附近只剩下深紅色。坐在我頭上的結衣以肩膀作為跳板來跳進我胸口的口袋，然後可愛地打了一個呵欠。

「……鯨魚先生真的很大呢，爸爸。」

小妖精以睡意十足的聲音這麼說道，我則是用指尖輕輕撫摸她的頭部。

「嗯嗯。哪天再讓牠載一程吧。」

「好的……」

點完頭就閉上眼睛的結衣，立刻就發出細微的鼻息聲。

其實結衣是獨立於ＡＬＯ系統之外的ＡＩ，並不需要像人類一樣睡覺，但是有大量的情報輸入，而且沒有需要緊急處理的案件時，她大多會像這樣子進入睡眠狀態來整理記憶。現在結衣應該在夢裡回顧今天的冒險吧。

隔了一會兒，先是克萊因，然後是亞絲娜、艾基爾、莉茲、西莉卡以及畢娜都變成光粒消失了。

我隨意對莉法伸出右手並且表示：

「那麼小直，我們就一起飛回司伊魯班吧。」

結果我的妹妹就輕噘起嘴來說：

「我說哥哥啊，又不是在水裡，不用牽手我也會飛喔。」

「啊……對……對喔。抱歉，一不小心就……」

但是金髮魔法劍士又輕抓住我準備縮回去的手。

「但是我比哥哥更擅長飛行，接下來就由我拉著你吧！」

「……那……那就拜託了。」

我們同時張開翅膀，飛離逐漸染上紫色的沙灘。

把視線往東北方移去，就看見世界樹以開始閃爍的星空作為背景的巨大剪影浮現，其前方的綠色光群就像寶石一樣輝煌。是令人懷念的風精靈族首都——司伊魯班。

確認結衣確實待在口袋裡頭之後，我就跟莉法互相點點頭，然後開始乘著海風緩緩飛了起來。

2

「……延還虎此……」

我用力咬著彈力十足的烏龍麵，同時以模糊的聲音這麼呢喃。

結果坐在餐桌對面的直葉就抬眼看向這邊。

「哥哥，這樣太沒教養了。」

右手拿著筷子左手拿著平板電腦的狀態確實不應該在用餐時出現。但是我把嘴裡的烏龍麵一口吞下之後……

「我認為烏龍乾麵是可以邊做別的事邊吃的喲。」

「……那咖哩烏龍麵呢？」

「不行。」

「……豆皮烏龍麵呢？」

「可以。」

「……鍋燒烏龍麵呢？」

CURRY
UDON

「不行。」

「完全搞不懂你的基準……」

嘆了一口氣後，直葉就啜了一口涼拌烏龍乾麵（配菜是溫泉蛋、蒸雞肉、水煮蝦、秋葵、海帶芽根部、青紫蘇、碎海苔）。

我們大約是在十五分鐘前登出ＡＬＯ。母親就跟平常一樣還沒有回家，所以雖然時間已晚，還是由我們兩個人自己煮晚餐，不過感覺最近太過於偏向「立刻能煮好事後收拾也簡單」的路線。

明天至少煮個三樣菜——如此暗暗下定決心後，桌子對面就再次有聲音傳過來。

「那麼，到底是什麼原來如此？」

花了一秒鐘才理解這個問題是對我「延還虎此」的發言所提出。

「……虧妳聽得出來剛才那是『原來如此』耶……沒有啦，我是在說阿薩神族的事情。」

「啊，你馬上查了嗎？」

「其實只是大概看了一下。」

把線上百科全書顯示該當項目的平板電腦遞給直葉後，我就開始檢討是要夾破保留下來的溫泉蛋，讓蛋汁流到烏龍麵上，還是直接把蛋一口吃下。但是在我得出答案之前，直葉就驕傲地用鼻子發出哼哼的聲音。

「……怎麼了？」

「哥哥你這樣不行喔。怎麼可以因為這點情報就說原來如此呢。上面明明只寫了一點皮毛呀。」

「是……是這樣嗎？」

「嗯。真的想知道的話，就得從主神奧丁的父親巨人包爾，以及他的父親──最初的神明布利開始才行……嗯，首先呢，北歐神話裡面，世界的起源是從名為金倫加鴻溝的巨大裂縫開始……」

「停……停下來。世界的起源等下次有時間時再好好聽妳講解吧。好了，不快點吃的話烏龍麵會變軟喔。」

被我打斷之後，直葉臉上雖然露出不滿的表情，但還是乖乖放下平板電腦再次拿起筷子。她毫不猶豫就夾破溫泉蛋，讓麵浸到濃稠的蛋黃裡。那金黃色的光輝實在太美麗，於是我也跟她做出同樣的動作，然後大口吸起烏龍麵。

雖然對打斷難得的講座感到不好意思，但目前並不需要那麼詳盡的知識。因為我目前在意的──並不是或許存在於ALO的阿薩神族之國，而是「深海掠奪者」任務究竟有沒有後續。

完全被克拉肯欺騙的我們從海底神殿取出「聖子之蛋」，而利維坦則說要把它「移至新的聖所」並且把它帶走。但是感覺事情並非到此就有完美的結局。完全搞不懂那個聖子之類的到底是什麼——既然是從蛋裡生出來的，應該不是人類吧——克拉肯也似乎還沒有放棄，最重要的是不對那隻大章魚報一箭之仇實在難消心頭之火。

雖然多少參雜了一點私情，但那果然不是單次的任務，而是活動任務的導入部分吧。

通常活動任務是在解完一個任務後就會給予下一個任務，標示會明示新的目的地。但偶爾會有必須自己從之前獲得的情報推測該前往何處以及該做什麼事的情況。

如果這次的活動是這種類型的話，克拉肯與利維坦的對話當中，應該會提示承接下一個任務的地點……才對……

「……哥，哥哥啊。」

直葉叫了好幾次之後，陷入沉思的我才終於回過神並抬起頭來。

「啊，什……什麼事？」

「我想你應該沒有忘記，明天從早上就要開始道場的大掃除喔。今天晚上不能熬夜，必須早點睡才行。」

我當然已經忘記，但完全沒有表露出來就點頭回答：

「了解了，一點……不對，兩點就一定會睡了。」

迅速躲開妹妹懷疑的視線後，我就隨著吃完的空盤子逃到廚房。

躺在自己房間的床上，從反方向往上看著床頭板上的鬧鐘。

二十三點三十分。舊艾恩葛朗特時代，這個時間正處於「夜間攻略」當中，我通常都躲在高效率的練功場持續揮著劍。

當然，在阿爾普海姆也必須努力提升實力（雖然ALO沒有等級）。由於我曾經重置過一次繼承自SAO的能力值，所以也有為了追上亞絲娜他們而努力狩獵的時期。

但是過去那樣的危機感——為了存活而升等這種緊張的動機已經不復存在了吧。

不用說也知道這是很幸福的事。我絕對沒有「想回到那個世界」的想法。

但是我的內心某處似乎持續冀求著某種是遊戲也非遊戲……某種在虛擬世界的箱庭裡帶來令人屏息的「真實」的事物。

被克拉肯一擊逼入瀕死狀態，差點就要全滅時，利維坦的三叉戟從天而降的那個瞬間，我感覺到了「某種」氣息。感覺像是結局早已固定的活動，但實際上是不屬於任何人為劇本的偶發性發展…………

「……沒有啦，只是覺得如果是這樣就很有意思……」

像是要隱藏害羞般如此自言自語，我就為了明天的大掃除而關上電燈準備早點就寢。

經過十秒鐘左右，我便用手摸到AmuSphere並且把它戴到頭上，小聲詠唱出語音指令。

「開始連線。」

## 3

以我的基準來說，兩點就寢已經算很早睡了。

做出這樣的藉口一邊降落到司伊魯班的我，發現該處跟現實世界一樣已是夜幕低垂。

只不過對大部分的網路遊戲玩家來說，接下來才是黃金時段，風精靈領地首都司伊魯班的大路上聚集許多精靈而顯得相當熱鬧。當然大部分都是風精靈，但是跟以前相比已經能看到不少其他種族的玩家了。

從用來登出的旅館窗戶眺望馬路，發現其他種族的玩家果然是以締結同盟的貓妖為大宗。接著是領土靠近的音樂精靈族與闇精靈族。雖然地理上來說也與火精靈的領土相鄰，但現在官方依然處於戰爭狀態，所以當然看不見紅色的頭髮。

我隸屬的種族守衛精靈雖然沒有跟風精靈敵對，但領土是在隔著世界樹的邊陲。而且原本就是不怎麼有人氣的種族，所以跟火精靈一樣，大路上看不見任何守衛精靈。

我思考著怎麼做才能在不引人注意的情況下移動到目的地，最後從道具欄取出連帽斗篷來套了上去。接著又詠唱了幻影魔法「月影潛行」才躡手躡腳地走出旅館。

雖然月影潛行魔法是只有在月亮形成的陰影裡面才比較不容易被人注意到（也就是說月光原本就照不進去的迷宮根本無效）這種性能微妙的隱蔽咒文，但我的魔法技能最多就只能做到這樣。幸好今天有朗朗滿月掛在天空綻放光芒，由於司伊魯班裡頭的狹窄巷弄多到了極點，所以我便盡量不離開影子並小跑步前進。

移動了幾分鐘後來到市中心的我，先是在陰影裡停下腳步，接著看向前方。

眼前有一條直徑應該有一百公尺以上的圓形道路，其中央聳立著司伊魯班最美的建築物——風精靈領主宅邸。三層樓高的宅邸被深邃的護城河包圍，只靠北方與南方兩條橋梁與道路連接。整條圓形道路在藍白色月光照耀之下，根本沒有任何可以藏身的影子。

兩條橋的盡頭都有看起來非常強大的兩名ＮＰＣ守衛高高舉著斧槍站在那裡。只有登錄在領主宅邸名簿上的名字才能通過那裡。

雖然我記得莉法也登錄在上面，但就算組成小隊，外人依然無法進入。既然有翅膀，似乎可以從守衛的視線之外飛越護城河，但是當然無法使用如此簡單的手段，領主宅邸用地內張設了讓外人包含飛行能力在內的所有魔法全都失效的結界。

雖說本來就不是要來這裡偷東西，只要抓住出入的工作人員請他幫忙入內通報一聲才合乎禮儀，但是想極力避免今晚的訪問之後變成謠言傳達出去。

「…………！」

思考到這裡時，我就察覺等待的瞬間來臨，於是壓低了身體。

從右側開始有黑影覆蓋在夜空一角發出藍白色光芒的月亮。是阿爾普海姆每天晚上都會發生的人工月蝕。在高空繞著阿爾普海姆公轉的浮遊城艾恩葛朗特，有短短數十秒鐘會和月亮重疊。而且僅有五秒鐘的時間會完全遮住月光。

藍白色圓盤緩緩出現缺角，最後所有的光芒完全消失——也就是司伊魯班完全陷入艾恩葛朗特影子的瞬間，我就從巷弄裡衝出去。

這個商店較少的區域行人也比較少，但是絕對不是完全沒有其他玩家。使用「月影潛行」的我應該不會被看見，不過還是一邊祈禱腳步聲不會被耳朵靈敏的貓妖族聽見，一邊瞬間橫越圓形道路。在兩條橋的中間地點將右腳放到分隔護城河與道路的鑄鐵欄杆上然後全力跳躍。

來到漆黑的水面上時，已經無法使用翅膀與魔法。根據傳聞，寬將近十公尺的護城河裡面躲藏著恐怖的水棲型怪物，會在水底把掉落的玩家變成無人聞問的殘存之火。屆時殘存之火的出現地點是在護城河前面，如果變成這樣，想要入侵的意圖就會被發現了。

即使是身輕如燕的守衛精靈，也不可能在沒有飛翔力的幫助下跳過十公尺的距離。我在空中拔出背後的劍，在墜落的情況下盡力把它往前伸。劍尖在千鈞一髮之際刺中對岸的石磚。

如果這是滾落在練功區上的岩石，那麼大師級鐵匠莉茲貝特的劍應該能輕鬆將其切開吧，但是城裡的建築物是不可破壞物件。於是我便反過來利用這一點，用力把劍尖往下壓到磚頭

上，再利用反彈的力量讓身體浮起來。

左手好不容易以追加的小跳躍搆到對岸。我把劍收回背上後迅速爬了上去。劍尖壓到石頭上時雖然發出細微的金屬聲，幸好橋上的守衛沒有動作。

再次壓低身體跑了起來，當我躲到庭院樹木陰影的瞬間，短短的月蝕也結束了。

「………呼。」

輕呼出一口氣的我，仰頭看著眼前的領主宅邸。目的地就是最上層的中央部。雖然不清楚想找的對象在不在那裡，但不在的話也只能等待一陣子了。

接下來已經無法獲得月影潛行咒文的保護。祈禱著建築物裡面不要有守衛，同時把背後的劍收納到道具欄之後，我就偷偷摸摸地朝開闊的正面入口前進。

五分鐘後——

在好不容易抵達領主宅邸三樓一扇雄偉的雙開式大門前面，我再次確認著左右的狀況。寬敞的走廊上看不見人影。看來大部分執政部玩家都在二樓大廳談笑當中，雖然在沒有被任何人發現的情況下爬到這裡，但接下來要見的人物不在的話一切努力就白費了。祈禱幸運能持續到最後的我，把頭罩往後掀後就敲了兩下門。

隔了一會兒……

「請進。」

一道聽過的聲音如此回答。鬆了一口氣的我拉動銀色門把，在最小的縫隙下鑽進門內。

當我隨手把門關上時，在正面的大桌子前操作領主專用視窗的女性玩家也正好抬起頭來。

身穿優美和服般裝束的風精靈族女性領主——朔夜認出是我後，首先皺起形狀姣好的眉毛接著歪起頭，最後倏然立起右手的食指。

「為了慎重起見，我可以先確認一下嗎？」

「請盡量問。」

「你不是被火精靈族傭用……到這裡來取我首級的吧，桐人？」

「咦……系統上可以這麼做嗎？也就是說，身為守衛精靈的我，把殺死領主的獎勵讓給火精靈……可以做到這種事情？」

「可以喔，只要成為正式的傭傭兵。不過那個時候會跟火精靈一樣，街上的守衛會有所反應，沒有通行徽章的話應該走不到一百步吧。」

「這樣啊……啊，沒有啦，答案當然是ＮＯ。」

舉起雙手來顯示沒有敵意，同時說出來到這個地方的目的。

「其實是有件事情想請教朔夜小姐。」

「…………只是因為這個理由就入侵領主宅邸？」

「呃，嗯……因為我沒有跟朔夜小姐登錄為朋友，所以無法傳送訊息……而且也不想問的事情被別人聽見……」

以類似戀愛喜劇中女孩子會說的台詞來說明整件事情後，領主大人先是輕輕搖頭才又點頭說：

「…………原來如此。但是我怎麼說也是領主。就立場上來說，能跟身為異種族的你說的事情有限。就算你是救命恩人也一樣。」

「啊，這妳不用擔心。因為我不是要妳告訴我風精靈族的軍事機密。而且，我當然也準備了等價交換用的情報。」

「哦？你要告訴我什麼？」

「潛入風精靈領主宅邸的方法與對策。」

結果朔夜眨了眨眼睛，接著高聲發出「哈哈哈」的笑聲。只能祈禱她的笑聲不要傳到樓下去了。

我小口啜著領主親手幫忙倒的，看起來很高級般的葡萄酒，然後再次從頭說明沒有聯絡就到此訪問的理由。

默默聽著我說話的朔夜，當我敘述完畢後就緩緩點頭。

「十天前左右，我也完成『深海掠奪者』任務了。」

「咦，領主大人親自……嗎？」

「我偶爾也會想潛入迷宮啊。而且，我不是也參加過好幾次艾恩葛朗特的樓層魔王攻略了嗎？」

「對……對喔。」

「但是…………」

行動派的領主一口氣喝光葡萄酒，然後微微歪著頭說：

「我和執政部成員們一起進行那個任務時，克拉肯和利維坦都沒有出現喔。」

「咦？」

「把在神殿發現的那個不知道是珍珠還是蛋的物體交給老爺爺ＮＰＣ後，他很平常地道謝然後任務就結束了。然後那個老爺爺就召喚出巨大的大王烏賊，那個傢伙用觸手把我們抓住並且送到海邊……老實說不是什麼愉快的體驗。」

「大……大王烏賊嗎？老實說那還真的有點想看看……不對，那個……總之就是要不要把珍珠交出去所造成的劇情分歧嗎……」

「看來是這樣。應該說，一般都會交出去吧。」

面對苦笑的朔夜，我也露出苦笑來回應。

「沒有啦，我本來也準備交出去……但是快交出去前就被亞絲娜拿走了……」

「哈哈，真的不能小看她的第六感。」

看著不停點頭的我笑了一陣子後，朔夜又幫我倒了一杯葡萄酒並且開口表示：

「關於任務的分歧路線一事我知道了。那麼……你到底想問我什麼事情呢？」

「嗯……總而言之，就是想問妳知不知道利維坦所說的『新的聖所』在什麼地方……比如說，除了之前那棟海底神殿之外，其他的海底是不是有類似的建築物呢……」

「唔嗯……我一時也想不出來……」

領主稍微思考了一下後就操作起專用視窗，讓一張地圖顯示在整張桌面上。那張阿爾普海姆全圖比我們這些平民百姓所能叫出來的詳細了好幾倍。

「其實這說起來也算是機密，不過就算了吧。這張地圖上記載了已經發現的任務，以及看起來有古怪的建築物、石碑、捷徑等所有特異點。在這裡搜尋『聖所』的話……」

「那麼『聖子』……也沒有。『克拉肯』……『利維坦』……兩個都沒有。」

雪白手指在地圖上閃動，搜尋視窗上立刻顯示出結果。搜尋結果是零。

「『蛋』的話呢？」

「那樣搜尋範圍太大了吧……你看，有一百個以上符合的結果。找尋、保護、毀壞、烹煮某種蛋的，這類型的任務有一大堆呢。」

「這……這樣啊……嗯……」

我一邊凝視著精靈鄉的平面圖，一邊在腦袋裡重播海王與深淵之王的對話。

久違了，老友啊……要當阿薩神族的走狗到何時……哪一天一定會把聖子之力占為己有……將來會成為支配所有海洋與天空的偉大存在…………

——所有的海洋與天空。

「那……那個，朔夜小姐。」

「什麼事？」

「那張地圖記錄了特異點的三次元座標嗎？」

「那是當然。」

「那麼可以請妳先告訴我位於最低處的點嗎？啊，幽茲海姆除外。」

點完頭的朔夜迅速把情報分類。

「最低的座標是負九十八公尺。任務名稱是……『深海掠奪者』。」

領主的眼睛閃過光芒。我也向她點點頭，然後說出下一個要求。

「那麼接下來是最高處的點。艾恩葛朗特除外。」

「……這個就根本不用搜尋。」

「咦……？」

「因為答案很清楚了。位在阿爾普海姆最高處的謎團……」

美貌的領主以左手大拇指指著背後的大窗，咧嘴笑著說：

「那就是世界樹的頂端。」

# 4

三個月前——二〇二五年四月。

ＶＲＭＭＯＲＰＧ「ALfheim Online」由新營運公司ＹＭＩＲ進行了大規模的改版。

浮遊城艾恩葛朗特的上線、舊ＳＡＯ帳號的統整，以及廢除飛行時間限制。

過去連世界樹最下方的樹枝都無法自行抵達的精靈們，現在甚至可以飛到遙遠高空中的艾恩葛朗特。但是獲得無限飛行力的玩家們率先前進的不是新的浮遊城，而是阿爾普海姆最高處——世界樹的頂端。

但是就結果來看，不要說抵達了，甚至連看見該處都無法實現。

那是因為世界樹頂端被巨大的積雨雲覆蓋，猛烈的暴風與雷電頑強地拒絕所有入侵者。從樹幹爬上去也是相同的結果，闖入雲層幾秒鐘後，不是被雷公劈死，就是被大風吹到虛空中。

雖然應該是取自某名作動畫的發想，不過那些玩家間稱為「雷龍之巢」的巨大積雨雲，已經很久沒有不怕死的冒險者趕去挑戰了……

「……噯，桐人啊。」

站在旁邊的亞絲娜筆直仰望上空這麼說。

「衝進那些雲裡已經死幾次了？」

「嗯……死不到十次吧，應該啦……」

「那麼，每次都用魔法幫忙回收殘存之火的是誰？」

「是亞絲娜小姐……」

「那麼，陪你狩獵彌補死亡懲罰的又是誰？」

「亞絲娜小姐……」

「很好，記得很清楚嘛。」

我以僵硬的笑容來回應露出燦爛微笑的水精靈回復術師。

「那……那是當然了。我感謝亞絲娜的次數，比克拉肯八隻腳上面所有吸盤加起來還要多喔。」

「……聽了也不會覺得高興的比喻耶……」

以微妙表情這麼呢喃完，亞絲娜就再次仰望天空。

七月二十六日星期日，下午兩點。

新設置在世界樹中央部的空中都市，世界樹城市南端展望台上，除了我們之外就看不見其他玩家的人影。以前就有多數的挑戰者從這裡出擊，但是現在包圍世界樹頂端的巨大積雨雲仍跟過去存在於根部那個守護騎士的巨蛋一樣屬於無法突破的區域。

那個巨蛋是前ALO管理者須鄉伸之，為了隱蔽私人流用伺服器資源與違法實驗而把難易度提昇到不合理程度後的產物。但是新營運企業YMIR不可能把什麼人幽禁在世界樹的頂端才對。

之所以無法突破積雨雲，是因為沒有滿足設定條件……反過來說，只要能夠立起旗標，就可以在肆虐的暴風與激雷當中打開一條路吧……

「久等了～！」

突然從下方傳來氣勢十足的聲音，下一刻，一道綠色影子就像擦過展望台的扶手般橫越視界。

在頭上靈巧地空翻後降落到我和亞絲娜眼前的，是速度中毒者的風精靈劍士小姐。看來是從昨天登出的司伊魯班全力飛翔到這個世界樹城市來了。

稍微瞄了一眼時間顯示的莉法，很懊悔般說了一句「還是超過四十分鐘了嗎～」。兩地的距離大概是七十公里左右，所以不保持時速一百公里的話就無法在那個時間內抵達。

「哇啊，不愧是莉法。我和桐人花了將近一個小時喔。」

亞絲娜以驚訝的表情這麼說，我那個純樸的妹妹就驕傲地挺起胸膛表示：

「這是有訣竅的喲。風向會因為高度與時間而改變。為了盡量處於順風狀態，必須不斷修正軌道才行。」

「這麼說妳記住所有風向了嗎？太厲害了……桐人甚至邊飛邊打瞌睡，直接就衝進一群賽拉斯梅杜莎裡面。」

結果莉法的態度為之一變，改成以險惡的目光看著這邊並且說：

「這個人昨天晚上似乎獨自再次登入，在司伊魯班不知道做了些什麼。突然就想再次挑戰『雷龍之巢』似乎也是因為獲得了新的情報喔，然後還不願意告訴我詳情。」

結果連亞絲娜都露出懷疑的表情，我只能以刻意的乾咳聲來把事情矇混過去。

之所以被直葉發現我在深夜中潛行，是因為今天早上兩個人在劍道場大掃除時，我不停打著大大呵欠的原故。當然我沒有提及昨天晚上幹的好事——入侵領主宅邸，但是感覺這件事不久之後也會露餡。

不過冒了這麼大的危險也算值得了。如果不和朔夜見面，讓她給我看了極機密的世界地圖，絕對不會注意到「新的聖所」可能存在世界樹的頂端吧。

然後一旦發覺了當然不可能按兵不動。大掃除結束之後就呼叫平常的伙伴——只不過很可惜的是因為在白天，艾基爾與克萊因無法參加——來到這個展望台集合。

當我想著「莉茲和西莉卡可不可以快點來」，並且漫無目的地眺望著流過的雲時，我胸口口袋就輕輕飛出救贖的女神。

她伸直小小的雙臂，伸了一個可愛的懶腰之後才發出銀鈴般的聲音飛起來。她降落在亞絲娜的左肩後，帶著笑容對我們打招呼。

「爸爸、媽媽、莉法小姐，早安！我有點睡過頭了。」

我們家這個以靦腆表情發出「嘿嘿嘿」笑聲的女兒看起來實在可愛極了。原本進入追究模式的兩名女性也立刻展現笑容。

就這樣談起昨天那隻鯨魚的回憶，最後莉茲貝特與西莉卡也從西南方飛過來。成員到齊了之後就開始進行作戰會議。

「……說起來也不是什麼大不了的作戰……我會衝進『雷龍之巢』，陣亡的話就請用魔法幫忙回收，大概就這樣吧……」

玩家死亡後的殘存之火基本上必須由小隊成員用手抓住才能移動，但使用一部分高等魔法或者稀有道具，就能夠從遠距離進行回收。想要直接回收留在「雷龍之巢」裡面的殘存之火，有很高的機率會出現新的犧牲者，所以必須從雲外用魔法把殘存之火拉出來。

當然經過一定時間後，就會在記錄的位置自動重新復活，但是跟讓其他人復活的情況比起來，死亡懲罰將會大幅增加。雖然有了死亡一兩次的覺悟，但能減少一些懲罰當然比較好。

——聽見我的攻略計畫後，女孩子們暫時面面相覷，然後首先由莉茲貝特開口說：

「呃……我想先確認一下很基本的事情……你之所以想到世界樹的頂端去，是因為那個巨大珍珠，不對，是『聖子之蛋』可能在那裡對吧？」

「嗯。」

點完頭後，這次換成西莉卡抖動三角形耳朵開口詢問：

「但是桐人哥，如果找到蛋的話，你打算拿它怎麼辦呢？不會想再次把它偷出來吧？」

「嗯……嗯。」

我再次點頭，然後追加說明。

「目標也不能說是蛋啦……正確來說，我在想是不是能承接昨天進行的『深海掠奪者』的後續任務。我實在不認為那是一般的單次任務……」

結果這次換成亞絲娜以思索的表情晃動著水藍色頭髮。

「或許是這樣沒錯……但是一般來說，有後續的任務在地理上也會有關連吧？昨天的海底神殿到今天的世界樹頂端，直線距離有一百公里以上喔。就算『所有的海洋與天空』是提示，得出的結果也太跳躍了吧。」

不愧是在舊艾恩葛朗特被稱為「攻略之鬼」的玩家，提出的論點相當合理。

存在於阿爾普海姆的所有特異點當中，最深的是昨天去過的海底神殿，最高的就是「雷龍之巢」了——雖然想說出這樣的根據，但是這個資料是風精靈執政部的機密情報，而我本來是不可能得知這樣的情報。

當我猶豫著是不是該坦承昨天晚上偷偷闖進領主宅邸一事時——

「……那個……」

吞吞吐吐地這麼說道的，是坐在展望台扶手上的莉法。

她環視四個人的臉龐，再次從感嘆詞開始發話。

「那個……我昨天晚上作夢了。是從天空很高的地方降下彩虹橋的夢。大步從那條橋爬上去後，前方可以看到一座非常大又很漂亮的門……但是在到達那裡之前我就醒過來了。」

說完就露出有些害羞的微笑，同時將視線移向藍天。

「之所以會作這樣的夢，一定是昨晚在風精靈領地的海岸上和大家一起談到阿薩神族的緣故……根據神話，阿薩神族是住在名為『阿斯嘉特』的國度……」

「那是跟阿爾普海姆與幽頓海姆同樣意思的『國家』嗎？」

我這麼插嘴問道後，莉法就看向我點了點頭。

「嗯。北歐神話裡的世界分為九個國度，其他還有華納神族居住的『華納海姆』、冰之國的『尼福爾海姆』等等……然後在遙遠上空的阿斯嘉特有一座連結地上的彩虹橋。橋的名字叫作『碧芙雷斯特』……」

風精靈魔法劍士晃動著金色馬尾，再次仰望頭頂。

「……我從一開始看見『雷龍之巢』，就不由得想像說不定那些雲裡面有一座彩虹橋，然後連結著阿斯嘉特……」

「哇……好浪漫啊！」

讓畢娜坐在頭上的西莉卡，這時候眼睛閃閃發亮並這麼大叫。

「如果是這樣，我也絕對想看看……不對，是想走走看！」

莉茲、亞絲娜以及結衣都笑著點點頭。

另一方面，我則是發出沉吟聲並且思考了起來。

從克拉肯與利維坦的對話來看，這個ALO世界存在阿薩神族NPC的可能性相當高。如此一來，或許……他們的國度阿斯嘉特也確實存在，但是從MMO遊戲的角度來思考，有新的大規模地圖上線了卻沒有大肆宣傳的情況實在不太可能出現。

實際上，地底世界幽茲海姆公開時，官方網站與新聞網站都進行了大量的宣傳，甚至還舉行了紀念活動。說起來呢，明明花了不少預算與時間製作了新地圖，卻用無法突破的暴風來覆蓋移動用的大門讓任何人都無法通過究竟有什麼意義呢？

——不對。

現在在這裡做出一連串否定的推測也沒用。積雨雲的後面是彩虹橋還是聖子的蛋，又或者兩者都有……一切都得等到突破雲層之後才能知道。

「那麼我會看個清楚……」

「所以我也要去！」

莉法迅速舉起右手來打斷我的話。結果除了亞絲娜她們之外，連結衣都同樣高高地舉起手來。

「既然這樣，那就大家一起去吧！」

「就這麼決定了～！」

我急忙對著氣氛熱絡的女孩子們搭話道：

「等……等一下。如果全滅的話，誰要負責回收殘存之火啊？」

「我偶爾也想離開後援的位置到前衛去呀。」

聽見亞絲娜以稍微鬧彆扭的口氣這麼說，每次都靠她在後方支援的我當然無法反駁。

亞絲娜立刻恢復笑容，開朗地表示：

「如果全滅的話，回到城裡之後再大家一起去狩獵即可。這些成員的話，馬上就能取回死亡懲罰喪失的經驗值了。」

——把人找過來後才說「自己要去危險的地方請在此待機」確實太過自私了。比解開任務的謎更重要的是——大家一起享受冒險。

「……說得也是。那就大家一起去吧！」

我點完頭後，四個人與結衣、畢娜就同時氣勢十足地叫起來。

「喔～！」

確認裝備之後就從展望台起飛。

從像迷宮般互相糾纏的巨大枝葉之間飛向天空。組成由我領頭的V字形編隊，一直線往上升。

今天的阿魯恩高原天氣晴朗，周圍的天空看不見一絲雲朵。但是沿著世界樹的斜面持續飛了幾分鐘後，前方就開始瀰漫著白色靄氣。豎起耳朵就能聽見遠方傳來隆隆雷聲。

「馬上就要到嘍！」

對眾伙伴這麼大叫完，我便放慢速度。穿越作為警告區的薄靄層後，視界就全部都是巨大的純白塊狀物——也就是「雷龍之巢」了。銳利地往上伸展的世界樹前端籠罩在直徑和高度都有五百公尺的積雨雲底下而完全無法目視。

張開翅膀煞車後開始在空中懸停。

現實世界的巨大積雨雲，其直徑有十公里，高度似乎也是它的兩三倍，但像這樣在至近距離下往上看，就覺得虛擬世界的積雨雲在迫力上也不輸給現實世界。雖然以前就衝進去過好幾次，但現在也再次因為興奮而發抖——

停在左側近處的西莉卡以快活的口氣表示：

「哇啊，好厲害！看起來好像生奶油一樣美味耶！」

莉茲貝特也贊同她的感想。

「真的很想把它放到鬆餅上，然後淋上滿滿的糖漿來吃吃看。」

接著在右邊停下來的亞絲娜則邊笑邊說：

「啊哈哈哈，那等這裡結束我們就去吃吧。世界樹城市似乎開了很美味的鬆餅店。」

「真的嗎？我超愛鬆餅！我要吃十片！」

最後是莉法這樣的發言為話題做總結。

是該為她們的輕鬆感到可靠還是不安呢。話說回來，受到死亡懲罰後要去狩獵的話題怎麼消失了？

不對不對，那是全滅時的事情。我們要順利突破雲層，找到後續任務與彩虹橋，然後用鬆餅來好好慶祝。

重新振作起來的我……

「那我要吃一百片！」

做出這樣的宣言後，再次把粗略的作戰傳達給眾伙伴。

「就我死過十次的經驗，不可能避開雷擊。與其胡亂變更路線而浪費時間，倒不如以最快速度突破還比較好。雲朵裡面根本看不見東西，為了筆直飛行，讓我們排成『星星』吧。」

「了解！」

亞絲娜她們點點頭，結衣就跳進我胸口口袋，畢娜則像推進器一樣緊貼在西莉卡背後。

五個人圍成一個小圈圈，然後不是跟身邊的莉法與莉茲貝特，而是跟正面的亞絲娜與西莉卡牽手。大家都一樣這麼做的話，十條手臂就會交叉畫出星形。這是名為「星形結合」的團體飛行技，人數雖然僅限五人，但是跟水平結合與圓形結合比起來，不但可以形成堅固的一體化，還能提升速度與直行的安定性。

問題是就這樣水平飛行的話，至少有兩個人會變成背面飛行，於是就由較有經驗的我和莉法來負責。在組成隊形的情況下緩緩前進，到達積雨雲的高度後，為了慎重起見——或者為了能放寬心而讓亞絲娜詠唱增加雷電抗性的咒文。

「好……開始倒數。5、4、3、2、1……」

最後由所有人共同大叫……

「「「「「Go！」」」」」

五對翅膀迸發出五色光輝，我們就像被大砲發射出去一樣開始加速。

在三百公尺的助跑下達到最快速度，直接衝入巨大積雨雲中。一開始染白的視界立刻逐漸變暗，空氣跟著增加濕度與密度，讓飛行速度變慢。

「……要來嘍！」

在我這麼大叫並咬緊牙關的同時——

傳出「嘎嘎啊啊啊啊嗯！」的驚人巨大聲響，短短三公尺外的空間被粗大的紫雷貫穿。首次闖入「雷龍之巢」的莉茲與西莉卡雖然發出細微的叫聲，但是加速沒有中斷。所有人的手還是緊緊互握，像暗夜一樣一直線刺入黑暗空間。

接著襲擊過來的是橫向暴風。只有一個人的話或許會因為遭到猛力吹動而失去前進方向，但我們則靠著五個人的重量與推力來突破難關。

極近距離再次出現炫目的閃電，然後又接連兩次。

閃電的軌道看起來是不規則，但應該不是這樣。因為人數應該多達數千人的挑戰者毫不例外地全被擊退了。入侵這些積雨雲的玩家，快的話一秒，慢的話也在十秒內絕對會被閃電擊中而立刻死亡。根本無法迴避與防禦。

但是——如果我的推測正確的話。

利維坦所說的「新的聖所」存在於這些雲層後面的話。

我們就能突破這陣風暴。雖然沒有根據，但我是如此相信的。甚至能超越系統規定的死亡區域的「某種東西」……一定可以觸碰到在創造出來的虛擬世界裡，產生真正故事的「某種東西」……

嘎嘎嘎啊啊啊啊嗯！

不知道是第幾道的紫雷從前方襲擊，像龍一樣扭動身軀掠過我們身邊往後方衝去。在視界被烙印成一片白色，所有聲音逐漸遠去當中，持續以甚至可以甩開恐懼的速度飛行。

還沒經過十秒鐘嗎，還是已經超過了呢？這些雷雲到底要持續到什麼時候……

此時在我右邊的莉法以超越雷鳴的聲音大叫：

「正下方有強風吹過來了！不要抵抗，乘著風飛行吧！」

下方──這就表示對背面飛行的我們來說是背後這一側。有了這種認識的同時，猛烈的暴風就襲擊了過來。我們拚命握緊呈星形結合的手，抵抗著劇烈的搖晃。

「…………就是現在！」

莉法出聲的同時，我便用盡全力振動翅膀。

從水平飛行急轉彎後開始上升。雖然振動變弱了，相對地飛行速度卻加速到過去未曾體驗過的領域。好幾道閃電從前方降下來。要是膽怯而減速一定會被擊中。

「衝……啊啊啊啊──────！」

我擠出聲音來吼叫。

星形結合除了直接握手的兩個人之外，手臂也確實跟其他兩個人交錯。從觸碰的肌膚傳來伙伴們的勇氣。

我們變成拖著五色尾巴的彗星往前猛衝。四道閃電貫穿前後左右，再次將視界染成藍白色。這次的視覺特效久久沒有消失。周圍甚至越來越白，越來越明亮——

下一刻，甚至連聲音都消失了。

暴風的怒吼、雷電的閃光等等全都遠去。在像作夢般的寂靜當中，我瞪大了原本瞇起來的雙眼。

首先看到的是垂直聳立的白色牆壁。這形狀不固定的螢幕映照出我們持續上升的影子。把視線移向在正面互握著手的亞絲娜和西莉卡，發現兩個人也瞪大了眼睛。雖然在意她們看見了什麼，但是在星形結合的狀態下，我無法看向自己的背後。

「……我想已經可以解開編隊了。」

由於亞絲娜以呢喃聲這麼說，我就一邊減速一邊放開雙手。星星一分離，莉法和莉茲就同時轉過頭。

純白色的廣大球形空間就在眼前。

直徑大約是三百公尺左右。有一根綠色柱子垂直貫穿中心部。柱子的根部陷入白色牆壁中，可以看見尖銳的頂端在天花板附近。

不會錯。那根柱子是——

「世界樹的……頂端……」

莉法以沙啞的聲音這麼呢喃。

也就是說，我們突破擊退所有玩家的「雷龍之巢」了。這裡是包裹住世界樹前端的巨大積雨雲內部。

「好像在作夢……」

依然瞪大眼睛的亞絲娜也按住嘴角並做出這樣的發言。我們面面相覷，一點一點露出笑容，同時為了大叫「成功了～！」而大口吸進空氣。

但是——

在大叫之前，從我胸前口袋飛出來的小妖精就以緊張的聲音喊道：

「爸爸，有什麼東西過來了！」

「…………！」

所有人立刻擺出備戰姿勢。我從背後拔出劍，眼睛在四方巡梭。

雲之巨蛋幾乎籠罩在完全的寂靜當中。在背後的雲裡面發出巨響的雷鳴也完全傳不到這裡。能聽見的就只有巨蛋內的微風讓世界樹樹葉搖晃的安穩摩擦……

——不對。

不知道從哪裡傳來一道「喀滋、喀滋」的聲音。那不是金屬聲，而是像用木棒擊打厚實玻璃板般剛中帶柔的聲響。

「啊……那裡！」

莉茲貝特指著斜上方這麼說。

雖然看不見太陽，但是充滿雲之巨蛋最上層的白色光輝讓我瞇起眼睛。光芒之中有一道小小的剪影靠近。看起來不是怪物。穿著寬大長袍的來者，跟我們一樣是精靈……不對，是人類……？

背上明明沒有翅膀，卻像空中有透明階梯一般，響著喀滋喀滋腳步聲走下來的是一名高瘦的青年。泛藍的銀色長髮整個往後豎起，額頭上戴著細長環飾。對方看起來沒有攜帶長劍或是法杖，但是我們卻遭到足以令人屏息的壓力襲擊，只能一點一點往後退。

相對地青年還是維持一樣的速度，往下走到同樣的高度後，就在僅僅五公尺外的空中停下腳步。伶俐的俊美容貌中，金褐色眼睛綻放出銳利的光芒。

在青年發出聲音的同時，他的頭上也出現浮標。

「把劍收起來，精靈們。」

優美的聲音令人聯想到經過鍛鍊的鋼鐵。顯示出來的名字是——「Ｈｒａｅｓｖｅｌｇ　ｔｈｅ　Ｓｋｙ　Ｌｏａｄ」。

「……空之王……赫拉斯瓦爾格……」

我右側的莉法如此細聲說道。

感覺好像是在哪裡聽過的名字，但是在挖掘記憶之前，我就先用手肘戳了一下露出茫然模樣的妹妹左側腹。

「嗚咕……做……做什麼啦！」

「劍啦，把劍收起來！」

小聲做出指示的我，同時也神速把右手的劍收回背上的劍鞘當中。莉法和亞絲娜等人也同樣解除臨戰狀態。

先不管他的真實身分，這個赫拉斯瓦爾格先生一定跟利維坦是一夥的。也就是說，一旦開始戰鬥的話，他應該隱藏了揮一揮手指就把我們吹飛的能力值。

把劍收起來的我，再次凝視著青年的頭上。但是只有標示著名字的浮標，沒有黃金的「！」符號——開始任務的NPC標誌。

這裡不是承接活動任務第二章的地點嗎？但是，那為什麼赫拉斯瓦爾格會現身呢？

自稱空之王，身高足有一九〇公分的青年往下看著受到這種疑問煎熬的我，然後輕輕點頭發出「唔嗯」的聲音。

「原來如此。還在想小小精靈究竟是如何突破我的暴風結界，原來是受到海王的加護。」

「咦……您……您說的海王是……利維坦嗎？」

或許是急忙加上敬稱的效果吧，即使提出粗魯的問題，空之王的表情也沒有改變，只是點了點頭。

只不過，那個巨大的大叔雖然召喚鯨魚把我們送到岸上，但我不記得他曾經對我們施加法術。到底是何時受到什麼加護的呢……難道說這正是任務正在繼續的證據嗎？

「但是精靈們啊。」

突然間，赫拉斯瓦爾格的聲音稍微變得嚴厲了一些。

「就算你們得到海王的知遇，也不許靠近『空之聖所』。難道說，你們是深淵之王派來的盜賊？」

「不是的！」「千萬別這麼說！」「怎麼可能！」「別開玩笑了！」「才不是呢！」「啾嚕！」

幸好空之王似乎確實分辨出這同時發出的六種否定之詞，再次點頭發出「唔嗯」的聲音。

「這樣啊。那麼你們速速離開吧。」

「……………」

這次所有人都靜了下來。

剛才赫拉斯瓦爾格確實說了「空之聖所」這個名字，而那絕對就是利維坦說的「新的聖所」了。

也就是說，克拉肯想搶奪的「聖子之蛋」目前就安置在這個巨蛋的某處。在這個前提下望

著世界樹的樹幹，就發現下部有類似門的構造物。粗大樹幹的內部應該跟海底神殿一樣是一座迷宮。

未發現的迷宮！好想進去！正確來說是想盡情打開還沒有人發現過的寶箱。

這時妹妹似乎無法理解我內心的糾葛。

突然間飄然來到前面的莉法，對著空之王放聲大叫：

「那個！那個……在回去之前，請告訴我一件事吧！」

「什麼事呢，精靈少女？」

「這裡……沒有連接阿斯嘉特的那座彩虹橋嗎？」

下一刻，空之王讓人聯想到猛禽類的金褐色眼睛就發出銳利的光芒。

「妳為什麼想知道這個？難道是想渡橋去謁見阿薩神族嗎？」

我即使屏住呼吸，也還是意識到某件事。

空之王赫拉斯瓦爾格的會話能力遠遠超過單純的聊天機器人。他以及克拉肯還有利維坦，應該都是具備擬似自我意識的ＡＩ。是與過去曾經在浮遊城遇見的黑暗精靈基滋梅爾，以及現在連眼睛都潛入我胸口口袋的結衣相近的存在。

是營運企業ＹＭＩＲ創造出他們並且導入ＡＬＯ的嗎？還是說……是控制這個世界的真正神明所幹的好事……？

因為跟我不同的理由而沉默一陣子的莉法緩緩搖著頭說：

「不，我沒有想跟神仙碰面。只是……想知道而已。這裡是世界的盡頭嗎……或者前方還有其他國度。」

對方會如何解釋這種抽象性的答案呢——

空之王突然浮現些許微笑並且說：

「女孩啊，對於嬌小的精靈來說，這個願望是太過頭了。因為就連名為空之王的我都還沒看過九界的盡頭。」

「……是的……」

「但我可以告訴妳一件事。彩虹橋確實是從阿斯嘉特所產生，但是通往的並非你們的國度。」

「咦……？」

這下子不只是莉法，連其他四個人都瞪大了眼睛。說是其他國度，但目前實際上線的也只有地底世界幽茲海姆而已。難道是直接跳過阿爾普海姆，直接從空中連結到地底嗎？

但是空之王似乎不打算繼續給提示了，只見他帶著謎樣笑容往後退了一步。

「那麼，回到你們的城市去吧。」

「咦……還……還得穿越那陣暴風才行嗎……？」

西莉卡發出微小的聲音。結果空之王再次露出嚴厲的表情……

「沒有這樣的覺悟就來挑戰我的結界嗎？」

所有人像要表示「您說得是」般縮起脖子，幸好沒有憤怒的落雷打下來。

「……看在跟海王友誼的份上，這次就特別送你們到外面去吧。聽好了，精靈們。在沒有正確職責的情況下，不准再到這個地方來。」

「遵命！」

面對異口同聲乖乖這麼回答的我們，感覺──空之王似乎微微滲出苦笑。

但是立刻就恢復威嚴的表情，從長袍的袖子伸出右手並高舉起來。

難道是跟利維坦一樣要召喚送我們回去的交通工具嗎？如此一來，這次是巨大的鳥還是龍，又或者是飛天的圓盤呢──

我充滿期待的推測立刻就遭到背叛。

「再見了，小人們啊。」

充滿威嚴的聲音如此宣告之後，空之王赫拉斯瓦爾格就輕輕揮動右手。

揮動的軌跡上可以看見透明的猛禽翅膀──當這麼想的下一個瞬間，就有猛烈的龍捲風湧起並將我們吞沒。

「嗚哇……哇……哇啊啊～～～～！」

幸好不是只有我發出這樣的叫喚。四名女性也發出尖銳的悲鳴，同時一邊旋轉一邊被往上捲起。雖然本能地張開翅膀來試圖脫離龍捲風，但是推進力完全發揮不了效果。

空之王立刻離我們遠去，相對地巨蛋的天花板部分則是越來越近。心裡想著「即使如此，雲裡面還是有狂猛暴風吧」時，天花板就開了個小洞。光是這樣看，無法得知洞的後面是安全通道，或者依然是紫雷捲動的即死區域。

莉茲握住像要被洞穴吸進去般的西莉卡的左手。接著莉法握住莉茲，而亞絲娜則握住莉法的手……

「桐人……！」

我以右手握住亞絲娜伸過來的左手。

可惜連鎖到這裡就結束了。因為沒有能夠抓住我的第六個人。

但是死不放棄而胡亂揮動的左手碰到了某樣東西。

反射性牢牢地抓住。在被暴風吹動的情況下把視線移過去後，發現是垂直延伸的細長樹枝。前端帶著兩片可愛的葉子——是世界樹的最頂端。

「唔……唔唔唔唔……！」

用盡吃奶的力氣握緊樹枝來抵抗空之王創造的龍捲風。在我正上方的亞絲娜大叫：

「那個，桐人……」

「放心吧……！我絕不會放手……！」

「不是啦……總覺得好像會遭天譴……」

「咦……？」

往上一看，在露出複雜表情的亞絲娜後面，莉法也大叫：

「對啊哥哥，那根大概是不能抓的樹枝啦！」

莉茲說：「快放手啊，桐人，國王會生氣喔！」

「折斷的話桐人哥要負責喔～！」西莉卡如此表示。

「啾～～～！」畢娜發出叫聲。

「怎……怎麼這樣……我是想救大家……」

正當我試著以狼狽的聲音做出反駁時——

距離我握住的細枝相當遙遠的下方。從世界樹樹幹的一角迅速飛出一道影子。

那並非空之王赫拉斯瓦爾格。體型遠超過人類，擁有兩片翅膀與長脖子、長尾巴的那個物體，是即使在遼闊的阿爾普海姆也很難目擊的最強等級怪物——龍。

無數鱗片像藍寶石般發出光芒的龍翻轉身體後筆直往上看著我們，然後發出宛若多重雷鳴的咆哮。外露的利牙纏著紫色火花。

「看……看吧，牠生氣了啦，桐人！」

聽見亞絲娜從上方落下的聲音，我也只能點點頭。

「知……知……知道了啦，數到三就放手！一、二、三……」

啪嘰————！

發出痛快的聲音後，我握著的樹枝就漂亮地折斷了。

真的發出雷聲的雷龍，藍色雙眼燃燒著火焰並往上飛來。但是不知道該不該說幸好——失去救命繩的我們以猛烈的速度被天花板的洞穴吸進去。

在連成一排的狀況下，以超高速衝進黑暗的細長管狀空間。已經無法確定是在上升還是下降。每當左右轉彎時，靈魂就像要被從虛擬角色裡彈出來一樣。

「呀啊啊啊啊！」

雖然不知道是誰發出的悲鳴……

「呀呼————！」

這道歡呼聲的源頭絕對是莉法吧。

在被意料之外的尖叫遊樂設施玩弄了三十秒以上，前方終於變亮了。但是速度卻完全沒有減緩，我們就這樣衝進白光當中。

隨著「嘶波波波波嗯」聲響被噴出去的前方，是一片無限延伸的鈷藍。

前後左右全都是天空、天空、天空。張開雙手與翅膀，讓姿勢穩定下來後往正下方看去，看見很遠的地方飄浮著純白的積雨雲。其下方則是呈模糊綠色的世界樹枝葉。

從正面聽見呼喚我的聲音，在做出會繼續挨罵的覺悟下抬起頭來，結果就看見亞絲娜燦爛的笑容。

「桐人！」

我也對她抱以笑容，然後以右手握住她伸過來的左手。莉法抓住亞絲娜的右手，接著莉茲和西莉卡也牽起手來，五個人排成一列在空中浮遊。最後從我胸前口袋跑出來的結衣則坐在亞絲娜左肩。

超高空的氣流從耳邊吹過，傾注的陽光讓眾人的頭髮與裝備發出閃閃亮光。

好一陣子沒有任何人說話。

大家一定都想起在「雷龍之巢」的不可思議體驗了吧。

結果還是沒能承接「深海掠奪者」的後續任務。但是空之王在臨別之際這麼說了。

在沒有正確職責的情況下，不准再到這個地方來了。

我想……那就表示，只要有正確的職責就能再到那裡去。應該是任務的旗標仍未充足吧。故事的後續仍在世界的某處等著我們。如此一來，哪一天一定能夠發現。

而且不只是任務。根據空之王的話，直葉所說的「彩虹橋」似乎也存在於這裡之外的其他地方。

我的視線移向右側，對馬尾緩緩飄動的風精靈劍士搭話道：

「莉法，沒找到彩虹橋真是太可惜了。但是將來一定可以……」

「啊……關於這件事。」

像是從沉思中醒過來般眨眨眼睛後，莉法就看著我這邊說道：

「赫拉斯瓦爾格先生說過了喔。彩虹橋雖然是從阿斯嘉特開始，但是連結的並非阿爾普海姆。我聽見後就想起來了。神話裡的彩虹橋確實是連結了阿斯嘉特與中土世界。」

「中土……世界？」

這不常聽到的名字，讓莉法之外的四個人同時歪起頭來。

莉法微笑了一下後就以一句話來回答。

「人類的國度。」

「……人類……」

重複呢喃了一遍她的話，想著那不就是我們所在的這個地圖時就注意到一件事。阿爾普海姆當然不是人類的國度。玩家與NPC全都是尖耳朵且擁有半透明翅膀的精靈。

但如此一來，ALO裡就不存在能被稱為人類國度的地點——這就等於彩虹橋不會出現了吧。接著就和似乎跟我有同樣想法的亞絲娜、莉茲、西莉卡面面相覷。但是五個人正中央的莉法的臉上依然掛著微笑。

「啊……我知道了！」

如此大叫的是坐在亞絲娜肩上的結衣。

「結衣，妳知道了什麼？」

「人類的國度在什麼地方！」

從肩膀上浮上來，移動到能跟我們相對的位置後，小妖精就驕傲地挺起胸膛來指著天空的一角。

所有人同時看往那個方向。

無邊無際的深藍色天空。別說彩虹橋了，在這個高度下就連飛行型怪物都看不見——不，不對。天空的遙遠彼方，幾乎在同樣的高度下浮現小小的影子。側面是微微彎曲的圓錐台形。

新生艾恩葛朗特。

「啊……對……對喔……！」

我一邊瞪大雙眼一邊大叫。

艾恩葛朗特裡也有無數的ＮＰＣ過著生活。他們沒有翅膀，也沒有尖耳朵。另外還有過去在那個世界裡戰鬥過的玩家。

「……艾恩葛朗特是這個世界的人類之國（中土世界）……？」

如此呢喃的是亞絲娜。

「我是如此推測的！」

結衣堅定地這麼說道，莉法則對她用力點了點頭。

「我也這麼認為。當然，現在彩虹橋尚未連結到艾恩葛朗特……但是將來一定會，說不定攻略到一百層時就會從天降下彩虹橋……」

「沒錯，一定會的！」

西莉卡這麼大叫，亞絲娜與莉茲貝特也迅速點頭。

雖然我忍不住在心中大叫「一百層嗎！」，但還是用握在左手的東西筆直指著艾恩葛朗特說：

「好，我們要率先闖入第一百層！」

喔——！

沒能聽到這樣的附和聲。

覺得奇怪的我往右邊一看，發現四個女孩子、結衣甚至是畢娜，都用相當微妙的視線回望著我。

「……我……我說錯什麼了嗎……？」

「是沒有啦……桐人，你把那個拿來了嗎……」

受到亞絲娜指謫，我就看向自己用來指著艾恩葛朗特的東西。

那是一根長一公尺半左右的細長木棒。樹皮是相當細緻的白色，前端附近呈纖細的螺旋狀，最後有兩枚大大的葉子正閃閃發亮。

世界樹最高處的樹枝。

「啊…………不……不小心把它帶回來了……」

急忙低頭看著下方的積雨雲，目前沒有發怒的空之王或者龍追過來的跡象。

「……呃，這個該怎麼辦？」

「誰知道啊，你自己負起責任想辦法！我可不想受到天譴的牽連喔！」

被莉茲貝特這麼責備完，我就想著各種解決的辦法，但感覺不論是丟掉、燒掉、煮來吃掉都會受到天譴。

「……那麼賣給艾基爾，讓他承接天譴這個辦法……」

「……不是送而是賣嗎……」

「因為這可是世界樹頂端的樹枝啊！可不是簡單就能得到的東西……」

順勢這麼回答的我，同時隨手用食指點了一下樹枝的中段附近。

結果隨著輕快的聲音打開屬性視窗。原本是想——道具名稱應該是「樹枝」之類的吧。

「咦……有個很長的名字耶。嗯……『世界樹之頂（Crest of Yggdrasill）』……？分類是……雙手杖……！」

迅速抬起頭後，發現亞絲娜等人也同樣瞪大眼睛。我重新把樹枝，不對，是長杖朝向她們並用興奮的聲音說明：

「看來這似乎是武器……而且性能高到嚇人……大概是傳說武器等級……」

「我……我也沒看過這樣的長杖喔。也就是說，這個世界只有這一根……？放到阿魯恩的拍賣場的話，不……不知道能賣多少錢……」

和突然燃燒起商人魂的莉茲貝特面面相覷後——

就聽見「咳咳」的乾咳聲。莉茲旁邊的西莉卡不停動著三角耳朵，以告誡的口氣表示：

「桐人哥？如果是武器應該就沒有什麼天譴，我想要怎麼處理它應該很清楚了吧？」

「啾嗚嗚～！」

頭上的畢娜也上下點著頭。

「我……我……我當然知道嘍。」

我點點頭後，放開至今為直一直握著的亞絲娜的左手。

稍微橫向移動到前方，在結衣身邊轉過身子。在我正面的亞絲娜，臉上露出驚訝的表情筆直凝視著我。

或許是察覺我的意圖了吧，莉法、莉茲與西莉卡也移動到我左右兩邊。

面對依然搞不清楚目前狀況的亞絲娜，我端正姿勢後以雙手捧著世界樹頂端的樹枝來遞給

她。

「這就交給亞絲娜來使用吧。我想一定會對妳有所幫助。」

「咦……我……我可以收下嗎……？」

點頭表示「那是當然了」後，亞絲娜就戰戰兢兢地伸出手來接下長杖。

雖然外表依然是樹枝，但因此而給人極優美印象的長杖，非常適合水精靈的治療術師。

我對左右的莉法等人使了個眼色，在異口同聲下大聲說：

「亞絲娜，謝謝妳總是提供援護！」

「「「謝謝妳！」」」

聽見我們的唱和——

亞絲娜就把世界樹的長杖緊抱在胸口，同時臉上露出了燦爛的笑容。

5

朝世界樹城市緩緩降下的我，最後再一次抬頭看著籠罩世界樹頂端的白雲。

那個地方找不到我所尋找的後續任務以及直葉尋找的彩虹橋。但是這兩個東西說不定完全一樣。

就克拉肯與利維坦的對話聽起來，任務將會捲入尚未見過的阿薩神族，變成一個壯大的故事才對。如此一來，渡過七色彩虹橋，朝遠方的阿斯嘉特前進的日子一定會來臨——當然是很久之後的未來。

攻略新生艾恩葛朗特第一百層時，會從天空中降下彩虹橋碧芙雷斯特。

這個理想在我心中留下微小但確實的熱量。

冒險是永無止盡的。不論何時都存在「後續」。即使變成大人，離開ALO的時候來臨，只要抬頭看向天空就一定能發現彩虹橋。

「桐人啊！」

在旁邊飛行的亞絲娜以興奮的聲音大叫：

「之前不是有因為我的回復跟不上而無法攻略的迷宮嗎？晚上大家到那裡去看看吧！有這根長杖的話，我想這次應該能完成攻略喔！」

結果在我回答之前，前面的莉茲貝特就回頭說道：

「在那之前，應該到世界樹城市吃鬆餅吧！桐人，你說要吃一百片，好好加油嘍！」

「嗚……可……可不可以減少到五十片……」

我的回答讓西莉卡等人同聲笑了起來。

靈活地轉身變成背面飛行的莉法，以促狹的笑容說：

「真拿你沒辦法。要減少的話可以，不過必須老實說出你昨天在司伊魯班做了些什麼！」

「嗚……」

是應該做出吃不下晚餐的覺悟來挑戰一百片鬆餅呢，還是放棄掙扎老實說出入侵領主宅邸的惡行呢？

被迫面對這用來幫長達兩天的冒險做結實在有些丟臉的兩種選項，我不由得發出沉吟聲，這時坐在肩膀上的結衣就幫忙提出了完美的解決方法。

「別擔心喲，爸爸！只要把一百片的分量一次烤熟，就只要吃大大的一片喔！」

「……原來如此，這的確是不錯的方法。」

看來心愛的女兒最近迷上了「巨大物體」，這時我便用指尖輕輕摸了一下她的頭。

想著哪一天一定要讓她看看真正的鯨魚，然後朝著前方微微可以看見的樹上都市用力拍動背上的翅膀。

（完）

022-04

# Sisters' Prayer

§ 寧靜花園
二〇二四年五月

SWORD ART ONLINE

很清楚記得最先連線到Medicuboid實驗一號機的日子。

一號機是把既成品的凝膠床與大型頭套組合起來的醜陋機械，五顏六色的數十根管線垂到地上，周圍還有大量的螢幕裝置。它沒有正式的代號，取用「醫療用完全潛行試驗機一號」的字首後稱為「ＭＦＴ１」。

受到僅僅三個月前發生的「ＳＡＯ事件」目前仍未解決的影響，躺在床上的時候會覺得有點恐怖。但是姊姊藍子在旁邊握住自己的手，主治的倉橋醫師也保證「絕對安全，不會有任何痛苦」，所以就忍受著不安期待那一刻來臨。

巨大頭盔般的機械從上面降下，由頭部蓋住整個臉龐，眼睛閉起來後用力握住姊姊的手。

「不要緊的，木綿季。」

稍微可以聽見這樣的聲音，於是左手便確實地回握對方。不可思議的「咻嗚嗚嗯」聲變大，姊姊的手傳來的感觸與凝膠床的彈力都逐漸遠去。最後明明閉著眼睛，眼前卻出現一片彩色光芒——接著紺野木綿季就以新的身體降到ＶＲ世界這個異世界。

那是因為耐藥性ＨＩＶ感染所引起的ＡＩＤＳ症狀出現後過了一年三個月——她十二歲九個月時的事情。

# 1

「咦……！」

藍子突然發出這樣的叫聲，躺在山丘斜面打盹的有紀就嚇得跳了起來。

「怎麼了，姊姊？」

「啊……抱歉把妳吵起來了，小有。新聞網站的內容讓我嚇了一跳……」

姊姊拿在左手的是宛如將水晶削下來裝在銀製框架上一般的半透明薄板。在兩個人潛行進來的ＶＲ安寧病房「寧靜花園」裡，這是用來瀏覽外部網路用的情報裝置型物體。

「咦咦，是什麼樣的新聞？」

面對探出身子的有紀，蘭雖然有點猶豫，但還是把水晶板遞給她。

一看到二〇二四年五月十一日的頭條新聞標題，有紀就驚訝地發出「咦」一聲。上面大大地寫著「警察廳　檢討一次救出所有ＳＡＯ事件受害者的可行性」。

發生大約一萬人的玩家被關在虛擬世界這種空前絕後的大事件之後，很快地已經過了一年半。當初由政府主導檢討各種軟體面的救出方法，但是卻無法解除首謀者設置的多重陷阱，原本以為——就只能靜觀其變了。

「要怎麼做才能一次救出所有人……」

有紀一邊呢喃一邊看著新聞的內文。雖然沒能到國中上課，但是她持續在虛擬世界裡學習，而且原本就喜歡看書，所以閱讀新聞並不是什麼難事。

「嗯……警察廳似乎在檢討從外部以物理方式破壞七千名ＳＡＯ事件生存者所著裝的NERvGear……？」

出聲讀到這裡，有紀再次發出「咦咦」的聲音。

有紀把視線從水晶板上移到姊姊身上，然後開口詢問：

「但是犯人確實說過，想要破壞NERvGear的話，那個瞬間就會產生電流對吧？」

「不是電流，是電磁波喔。」

以老師般的口氣如此訂正完，蘭的臉色就沉了下來。

「光是從這則新聞來看，從外部一瞬間就破壞電池的話，能造成著裝者腦部損傷的電池波就無法發生……好像是這樣……」

「這樣啊……」

有紀一直凝視著內文旁邊作為參考用的NERvGear照片。Medicuboid實驗一號機使用的簡陋頭套是NERvGear的雛型，所以跟照片上的極為相似。

雖然目前使用，不對，應該說進入的實驗二號機外型與大小都有很大的不同，但還是對「破壞戴在使用者頭上的ＶＲ頭盔」這件事感到害怕，同時再次提出問題。

「……具體來說，要如何一瞬間破壞呢？不能夠引爆或者是用榔頭用力敲打吧。」

「這個嘛……大概是用精密的鑽頭在外殼上開洞，然後切斷電池的正極線吧？但是感覺那個犯人應該偷偷設置了備份線路。」

「這……這樣啊……」

「而且犯人的聲明文裡應該也提到了想破壞NERvGear來解放玩家的話，將危及其他玩家的安全。也就是說，想實行這個作戰的話，必須要在分秒不差的情況下一次切斷七千台NERvGear的線路才行。真的能辦到這種事嗎？」

「……應……應該很困難吧。」

雖然好不容易做出這樣的回答，但姊姊的話很快就逐漸超越有紀的理解能力了。

平常的話，差不多要隨著「姊姊好厲害」的發言停止思考了，但有紀這時再次把視線移到水晶板上。兩個人住的醫院裡好像也收容了數名ＳＡＯ事件的受害者，所以實在無法不關心這件事。

「……蘭姊姊，那個叫茅場的人為什麼要做這種事呢？」

蘭沒有立刻回答有紀的呢喃，只是把視線移到前方。有紀也抬起臉看向遙遠彼方的藍色模糊稜線。

兩個人目前並肩坐在廣大寧靜花園的東部一片名為「提爾山丘」的區域。被綠色覆蓋住的平緩山丘連綿不絕，其間散布藍色湖泊與小村莊的光景，美麗到讓人能永遠眺望下去。

ＶＲ安寧病房，也就是為了幫末期患者提供安寧緩和醫療用的ＶＲ世界而從二〇二三年九月開始營運的寧靜花園，大部分開發資源都投注在「世界的美景」上。相對於同年六月發售的AmuSphere用軟體全都是ＡＤＶ或者ＦＰＳ，寧靜花園完全不存在戰鬥要素，不過可以體驗到精緻且富含變化的情景。寬廣的世界地圖其東部是綠色山丘、北部是雪原、西部是高山、南部是深邃的森林，而中央則配置了擁有歐洲風街道的首都，想徒步觀賞整個世界的話應該得花上一個星期吧。

有紀與蘭的雙親去年底相繼去世了。兩人直接的死因雖然是肺炎，但其他也受到複數的機會性感染侵襲，所以為了減輕痛苦而投予大量止痛劑，從秋天結束時開始就一整天都處於睡眠狀態。

這樣的雙親只使用過一次AmuSphere來到寧靜花園裡面。

AmuSphere的體感掃描機能無法完全消除疾病的疼痛，所以能在一起的時間只有短短一個小時。即使如此，從街上的廣場緩緩散步到郊外草原的那段時間，在有紀與蘭的胸口刻畫下一段難以忘懷的回憶。父親邊吃邊稱讚有紀她們做的便當很美味，母親因為美麗的風景而噙著淚

水並且唱了好幾首姊妹喜歡的童謠與讚美歌。

沒有完全潛行技術與ＶＲ世界存在的話，就絕對不可能實現這種事。

而幾乎是獨自開發出這種技術的，正是ＳＡＯ事件的犯人，亦即名為茅場晶彥的男人。

而且不只與雙親的回憶而已。有紀作為受驗者所連結的Medicuboid實驗機是在醫療機器廠商的主導下進行開發，而蘭用來潛行至寧靜花園的，是將電池縮小容量並且安裝限制器來完成修改的NERvGear。兩人能夠像這樣在虛擬世界裡接觸，也全是靠那個世紀的超級罪犯。

像要放鬆有紀複雜的感情般，蘭舉起左手來溫柔地撫摸著有紀的背部。

「姊姊我也搞不懂這件事。但是小有不需要覺得難過。小有是為了將來Medicuboid能夠造福大量的病患，才會作為測試者幫忙開發。」

「…………嗯……」

有紀點點頭後就靜靜地靠在姊姊肩上。

雖然是姊姊，但是蘭——藍子是跟有紀同一天誕生的雙胞胎。不過從懂事時開始，有紀就以妹妹的身分倚靠著蘭並且向她撒嬌，而身為姊姊的蘭也溫柔地包容有紀並且保護她。

有紀之所以能夠成為Medicuboid的受驗者，也是因為姊姊強烈如此主張的關係。

纖細的機密機械Medicuboid實驗機，是設置在兩人所住的橫濱港北綜合醫院的無塵室當中。室內的細菌與病毒遠少於外界。這也就表示，能夠大幅度減低ＡＩＤＳ患者最為害怕的機會性感染的風險。

作為受驗者進入無塵室的話，能夠延長存活的時間。即使知道這一點，蘭還是為了有紀而讓出這個機會。從那一天後又過了一年三個月的現在，住在一般病房個室內的蘭，病況比有紀惡化了一些。即使是像現在這樣，蘭應該也對NERvGear無法消除的疾病感到恐懼才對。

倉橋醫生提出作為Medicuboid受驗者進入無塵室的提案時，應該可以表示「我不用了，姊姊妳去吧」，但是有紀卻說不出口。不過蘭卻沒有絲毫猶豫就表示「有紀妳進去吧」。

當有紀緊閉起嘴唇時，蘭突然迅速站起來。

長髮跟著微風晃動的她大大地伸了一個懶腰。兩個人的虛擬角色都是系統根據照片自動生成，但蘭的虛擬角色驚人地重現了現實世界的容貌，穿著的少女風襯衫式洋裝也很適合她。

笑著對有紀伸出手來的蘭，以充滿元氣的聲音說：

「來吧，有紀，我們去摘香草。感覺今天可以發現超稀有的品種。」

「………嗯！」

有紀點點頭後，緊緊握住姊姊的手。

## 2

寧靜花園雖然沒有戰鬥要素，但並不代表就只能觀光而已。最大的遊戲要素是「蓋房子」。這個世界的首都是位於中央的「賽雷尼蒂」，將給予使用者此處一定面積的土地，讓他們能夠依自己喜歡的設計來在此建立房子。只不過外牆的磚瓦只能選擇顏色適合街道的幾個顏色，所以蓋房子時主要是享受內裝。

內裝的素材與家具可以從街上的ＮＰＣ商店裡購買現貨或者訂做，但是必須要有名為「卡連」的點數。聽說是貨幣（Currency）的略稱，但是無法讓渡給他人，唯一取得的手段是「採集」。收集在世界地圖各處湧出的可以加以採集的植物與礦物，或者捕捉昆蟲把牠們帶到街上的商店，按照稀有度來交換成卡連。其他還有直接從素材製作成各種道具，養育抓到的昆蟲參加名為「昆蟲大戰」的大會，能夠做的事情出乎意料地多。

有紀跟蘭在賽雷尼蒂的高台上擁有兩人共同的房子，雖然花了半年的時間來布置，但是距離完工還有很長一段距離。現在為了在客廳設置大型暖爐而儲蓄點數當中，不過目前才終於累積到目標點數的七成左右。

話說回來，採集作業本身其實頗為有趣，所以不會覺得辛苦。享受著美麗的環境景色並專心摘取香草，轉眼一兩個小時就過去了。寧靜花園的利用者全都在與「還能夠活多久的」沉重壓力戰鬥，所以能夠忘記恐懼的長時間採集內容相當受歡迎。和有紀感情很好的老婆婆，一整天都在世界地圖裡奔波採集大量的素材，然後在賽雷尼蒂最貴的地段蓋了一棟四層樓的豪宅。

雖然沒有那麼瘋狂，但是為了實現用壁爐來烤地瓜的願望，沒有一天可以偷懶。

兩人從暖洋洋的山丘斜面移動到小池塘池畔這個祕密的採集地點後，一隻手拿著籃子茫然摘著香草的有紀……

「……啊。」

因為姊姊這樣的聲音而抬起頭。

「怎麼了，姊姊？」

對在稍遠處的姊姊這麼問道，結果對方以手勢表達「安靜」，於是有紀便閉上嘴巴。雖然循著半蹲僵在該處的蘭所發出的視線看去，但仍未能得知她到底發現了什麼。

放下籃子躡手躡腳地慎重移動到姊姊身邊，凝眼看向草叢後面的瞬間——

「……啊。」

有紀也忍不住輕叫了一聲。

生長在池畔的古老寬葉樹樹幹上，停著一隻帶有深邃藍色亮光的鍬形蟲。全長將近十公分

左右。有紀曾經在寧靜花園的昆蟲大圖鑑裡看過除了這兩根雄偉的大顎之外，還從頭部正後方延伸出長大胸角的模樣。

「不覺得那隻鍬形蟲看起來有點稀有嗎？」

姊姊的發言……

「何止是稀有，那可是皇家崔頓鍬形蟲喔。」

讓有紀立刻這麼回答，結果又聽見緊張中帶著些許傻眼的回應。

「竟然連名字都記得。」

「因為好好養育的話能成為鍬形蟲系最強呀！」

「……小有對昆蟲大戰有興趣嗎？」

「其……其實我很喜歡呢。」

像這樣低聲交談的期間，藍色鍬形蟲開始緩緩爬上老樹的樹幹。前進方向有金色的樹液滲出，看來牠的目標是那裡。

「姊姊，妳有帶捕蟲網嗎？」

「今天只打算摘香草，所以沒有帶來耶。」

「我也是……」

寧靜花園為利用者準備的道具欄容量很小，想把花數小時採集的素材道具全帶回去的話，就沒有空間裝多餘的東西。加上有紀和蘭是專門採集植物，所以早就決定只有發現極稀有的個體才會向昆蟲出手。

不過目前在短短五六公尺外的皇家崔頓鍬形蟲是最稀有的昆蟲，抓住後拿到昆蟲商店換錢的話，即使購買大型壁爐也還有餘額。所以當然要想辦法抓住牠。

「姊姊，我試著用手抓住牠吧。」

如此低聲搭話完後，蘭就露出吃驚的表情倒吸了一口氣。

「小有……妳敢空手摸那個嗎？」

「…………」

——話說回來，姊姊在現實世界也跟媽媽一樣對於蟲完全沒有抵抗力。我從院子裡抓到蚱蜢帶回家時，兩個人都一起尖叫然後到處逃。

有紀以懷念的心情回想起幼年時期，同時快速回答：

「這個世界的蟲不會咬人、螫人或者發射奇怪汁液，所以我完全不怕喔。姊姊在這裡等一下。」

有紀輕拍了一下蘭的肩膀，接著脫下涼鞋，維持屈身的姿勢開始移動。

雖然瞞著姊姊，不過自己一個人時也抓了不少蟲子。想抓稀有昆蟲時的鐵則有三，一、不急著行動。二、不從頭部附近靠近。三、不發出不自然的聲音。

因為是在比膝蓋高的草叢裡移動，所以無法避免發出摩擦草叢的聲音。靈巧地把這樣的聲音混在風吹草動的聲音裡面，然後一點、一點地前進。

爬上樹幹的極稀有鍬形蟲，到達滲出金色樹汁的地方就停下腳步。雖然進食的瞬間是最大的補獲機會，但就有紀的經驗，稀有昆蟲的進食時間相當短暫。大概十五秒左右就會張開翅膀，嗡一聲飛走了。

距離樹還有三公尺。跟之前一樣配合風聲移動的話絕對會來不及。但是隨便奔跑而發出巨大噪音的話，鍬形蟲絕對會逃走。

——怎麼辦？得想辦法不碰到草來移動……

視線一瞬間往左右移動的有紀，視線確認到某樣東西。右側近處的池畔，有在大約一公尺的間隔下並排的木樁。木樁頂端比草叢還要高，跳到上面的話就能在不出聲的情況下移動了。

問題是木樁的直徑僅僅只有五公分左右。只要稍微失去平衡，不是跌到左邊的草叢就是倒栽蔥摔進右邊的池子裡。而且沒有時間一步一步慎重地取得平衡。

「……只能硬著頭皮上了！」

默默地這麼對自己說完，隨即配合下一次的風吹橫向移動。計算時機站起來後，「嘿」一聲跳到細細的木樁上。

——要上了！

在不出聲的情況下加快速度，安靜地從這根木樁跳到下一根。好不容易才沒有跌落，到達最靠近老樹的木樁那一瞬間，結束用餐的鍬形蟲完全張開發出寶石般光輝的翅鞘與透明的後翅。

對著拍動翅膀「嗡！」一聲準備飛起來的鍬形蟲——

「嘿呀！」

不再壓低聲音的有紀奮力往前一跳。全力伸長的右手指尖緊抓住鍬形蟲的長長胸角。

現實世界的話，鍬形蟲這種大型甲蟲不會因為背部被抓住就放棄掙扎，但這裡是易用性優先的虛擬世界。響起獲得稀有昆蟲時的英勇效果音，鍬形蟲也收起翅膀乖乖待在手中。

有紀「沙」一聲降落在草地上。

「成功了——！抓到皇家崔頓鍬形蟲了！」

用力往上舉起左拳後，蘭就以八分驚訝兩分恐懼的表情靠了過來。

「……小……小有太厲害了。真的空手就抓到了。」

「嘻嘻嘻，我也嚇了一跳喲。來，姊姊要不要拿拿看？」

遞出右手上巨大鍬形蟲的瞬間，蘭就一臉嚴肅地邊搖頭邊後退。

「還……還是算了吧。但真的恭喜妳了，有紀。妳準備如何處置那隻鍬形蟲？賣掉嗎？還是要養牠？」

「嗯……嗯嗯嗯～～～」

發出沉吟聲的有紀，把角被抓著就乖乖不動的藍色鍬形蟲拿到眼前。想抓牠時只想到要換成點數，在寧靜花園度過了半年的採集生活，還是首次入手如此稀有的道具。而且仔細看鍬形蟲的臉，就開始覺得圓滾滾的複眼似乎有點可愛。

只不過，要在這個世界飼養昆蟲的話，也必須付出飼料費等各種經費。長大到能在昆蟲大戰裡獲勝的話，或許可以自己賺到飼料費，但就算喜歡觀賞大會，自己參加的話各方面的門檻都太高了。

「怎麼辦才好呢……」

有紀和不停動著大顎的鍬形蟲面面相覷，然後沉思了一陣子。就在這個時候——

「啊啊啊啊啊————！」

這樣的巨大悲鳴聲從左側湧至，有紀的身體不由得往右倒。

「怎……怎麼了！」

和這麼大叫的蘭一起看向左邊，不知道什麼時候，稍遠處已經站著一名女孩子。當然對方也是虛擬角色，但寧靜花園無法變更性別，容貌也是從真人的照片所生成，所以可以推測應該是跟現實世界的玩家極為相似的模樣。

將長長的綠色頭髮綁成馬尾（髮型與髮色就可以自由更換了），身穿茶色系迷彩T恤以及有著許多口袋的工作褲，一看就是做昆蟲獵人打扮的女孩子，左手拿著的捕蟲網不停震動，同時以右手食指嚴厲地指著有紀。

「那隻皇崔！是我花了一個小時追蹤的目標！」

花了三秒鐘才理解「皇崔」不是什麼黃色花朵或者吹奏樂器的名字，而是皇家崔頓鍬形蟲的略稱後，有紀一邊把右手的鍬形蟲藏到背後並且如此反駁：

「這……這是我抓到的喔。」

依照寧靜花園的規則，採集道具不論是花草、石頭或者昆蟲都是屬於最初獲得的人，所以「這個地方是我的」或者「這邊是我先發現的」等主張沒有任何效力。應該知道這一點的迷彩服女孩雖然暫時被逼得說不出話來，但隨即再次開口說：

「但妳看起來不像昆蟲獵人吧？沒有捕蟲箱的話，妳打算怎麼把那隻鍬形蟲帶回去？」

這次換成有紀說不出話了。

抓到的昆蟲要是不放進女孩子掛在腰間的那種專用捕蟲箱就無法收納到道具欄。但是只用手抓住的話，鍬形蟲將會越來越虛弱。雖然放到箱子裡給予飼料和水就能立刻恢復，但從現在這個地方到最近的村子最快也得花上二十分鐘。雖然不知道這段期間鍬形蟲會減少多少生命值，但萬一要是因此而害牠喪命的話將會懊悔不已。有紀不參加昆蟲大戰最大的理由，就是因為害怕有什麼突發事故而失去愛蟲。

蘭悄悄地把手放到保持沉默的有紀左肩。同時出聲說：

「……小有。」

光是這樣，有紀就了解姊姊想要說的話。她把拿到身後的皇家崔頓鍬形蟲再次移到面前，在心中向牠道別之後，就把牠遞給昆蟲獵人的女孩子。

「好吧，就讓給妳。」

結果馬尾女孩像嚇了一大跳般瞪大了眼睛。

「咦……可……可以嗎？」

「不是妳要我讓出來的嗎？」

有紀隨著苦笑往前踏出一步，女孩子就以更加慌張的模樣低頭看著自己的身體。

「但……但是我沒有任何能交換那隻皇崔的道具……」

寧靜花園裡面，玩家之間無法進行點數（卡連）的交易。把道具實體化的狀態下雖然可以以物易物，但應該沒有玩家會帶著足以跟最稀有昆蟲交換的物品吧。

有紀露出笑容來向對方說道：

「不用交換沒關係喔。這孩子讓像妳這麼認真狩獵昆蟲的人養育也比較幸福。」

「…………」

但那個女孩子一開始咄咄逼人的模樣完全消失，只是喪氣地閉著嘴巴。原本應該只是試著把追蹤的鍬形蟲被人抓走後的怒氣發洩出來，但是本人也沒料到對方真的會讓出吧。

即使能夠預測到對方的心理，有紀也不知道該如何繼續向對方搭話，這時蘭就代替她以平穩的聲音如此提案。

「那麼就由小有幫這個孩子取名字，作為交換的代價如何呢？」

下一刻，女孩子臉上就露出喜悅的光輝並且不停點頭。

「嗯……嗯，當然好喲！妳幫牠取名字吧！」

「咦……我嗎？」

嘴上雖然如此回應，內心其實慌了手腳。老實說，有紀對於自己取名的品味完全沒有自信。寧靜花園裡的虛擬角色名稱，相對於姊姊用了「藍（Ai）」音讀後同音漢字的「蘭」，她只是直接用了本名讀音的其他漢字表記「有紀」。

但這時候放棄的話將會讓一切前功盡棄，於是她便拚命想著。花了整整十秒以上所想出來的名字是——

「……嗯……那麼，就叫作『羅伊』如何……」

——根本就是皇家的讀音直接轉過來的嘛！

雖然有了被這麼吐嘈的覺悟，但馬尾女孩只是露出燦爛的笑容點了點頭。

「不錯呢，我也喜歡這種簡單的名字！那麼，我就把這孩子的名字登錄為『羅伊』嘍！」

「嗯！」

點點頭後，有紀就在內心對鍬形蟲說了聲「要保重喔」，接著再次把牠遞給女孩子。

雙手像是將其包裹住般接過鍬形蟲的女孩，彷彿極為感動般著迷地盯著皇室藍的光澤好一陣子，最後以慎重的手勢將蟲子移進捕蟲箱裡。接著打開視窗，連同箱子一起收納到道具欄當中。這下子鍬形蟲的生命值應該就不會減少了。

拿起放在地上的捕蟲網，接著也把它收進道具欄的女孩子，端正姿勢後深深鞠躬。

「——真的很謝謝妳把牠讓給我！牠是我來到這裡就一直在尋找的蟲子，我真的非常、非常高興！」

注意到「這裡」指的不是提爾山丘，而是作為VR安寧病房的寧靜花園後，有紀就隨口詢問：

「妳來這裡多久了？」

「剛開始營運就來了，已經八個月……啊，真是的，我連名字都沒有說呢。初次見面，我是梅利達。請多指教！」

粲然一笑後伸出右手和梅利達握手，有紀同時也報上姓名。

「我是有紀！請多指教！」

接著蘭也跟梅利達握手。

「我是蘭。是有紀的姊姊，請多指教，梅利達小姐。」

「叫我梅利達就可以了。我想我應該比妳們年長一些。能夠認識妳們真的很開心，今後讓我們好好相……處……………」

梅利達的聲音突然產生搖晃並且中斷。

有紀急忙用雙手幫忙撐住拖著綠色馬尾整個傾斜的身體。

移動到鍬形蟲，不對，是「羅伊」之前停住的樹蔭底下，讓她坐到草地上後，梅利達立刻就回復了。

眨了幾下眼睛後，注意到露出擔心表情的有紀與蘭，梅利達就像很惶恐般縮起脖子。

「……抱歉，我因為有紀把羅伊讓給我而感動，好像有點太興奮了。」

雖然配合發出「嘿嘿嘿」笑聲的梅利達露出微笑，有紀還是無法壓抑擔心的情緒。

寧靜花園裡，官方不稱利用者為「玩家」，利用者之間也有避免使用這個名稱的傾向。那是因為大家都不是單純為了遊戲而來到這個世界。

ＶＲ安寧病房的任務是緩和醫療——減輕生病的疼痛與辛苦並且提昇生活品質，所以利用者全部都是重症患者。說起來，如果不經由住院的醫療設施，甚至沒辦法登錄帳號。也就是說，梅利達是從日本的某家醫院裡潛行到這個世界來的。

不清楚梅利達的病名是什麼。但是VR世界裡的虛擬角色倒下，就表示不單純是暈眩或者貧血，而是連接AmuSphere的腦部本身產生病狀。

當然，如果真的是很嚴重的狀況，AmuSphere會自動斷線而虛擬角色也會消失。像這樣立刻就恢復意識，就表示正如梅利達所說的，並非立刻會危及生命的事態吧。但是另一方面，梅利達那種極為冷靜的模樣也增幅了有紀的擔心。她已經習慣這種現象……也就是說，經常會發生這種事。

像是藉由支撐背部的手察覺了有紀的內心一般，梅利達再次笑了起來。

「啊哈，真的不要緊。只要休息一陣子，馬上就會變好……妳看，已經完全沒問題了。」

梅利達迅速撐起上半身，利用反作用力彈跳起來。那順暢的動作，只能說真不愧是最為古老的玩家。但是仔細一想，從營運開始就參加了寧靜花園，就表示需要長時間緩和醫療的狀態一直持續著。

掛念著梅利達病情的有紀也站了起來。結果梅利達往後退了一步，然後再次以認真的視線看著有紀。

「怎……怎麼了嗎？」

和姊姊一樣的可愛洋裝果然不適合自己嗎？這麼想的有紀縮起了脖子，但是梅利達卻以開懷的笑容說道：

「抱歉抱歉，不應該這樣盯著妳看。那件洋裝雖然很可愛，但是不適合狩獵昆蟲，所以我才想虧妳能夠抓住皇家崔頓鍬形蟲。那種鍬形蟲只要聽到一點腳步聲就會立刻逃走，妳穿這件洋裝是如何在草叢裡靜靜移動的？」

「這個嘛……」

當有紀歪著頭想「是怎麼辦到的」時，蘭就隨著輕笑聲回答：

「有紀不是在草叢裡移動，而是靈活地不斷在立於池畔的木樁上跳躍喔。」

「啊，就是那樣。」

忘記僅僅十幾分鐘前的行動讓感到害臊的有紀發出「嘿嘿嘿」的笑聲，但梅利達反而收起笑容發出「咦咦～」的叫聲。

「從那麼細的木樁上？有紀小妹，妳能辦到這種事啊？」

「嗯……嗯，是啊。還有也叫我有紀就可以了！」

「那……那麼，有紀……妳可以在那邊單腳獨立一下嗎？」

「咦？嗯……」

不了解梅利達的意圖，即使感到茫然還是按照吩咐彎曲左腳來用右腳獨立。有紀一邊張開雙臂取得平衡一邊對梅利達說：

「肌肉在這個世界不會疲勞，我可以一直單腳獨立喔。姊姊也能辦得到吧？」

「這……這個嘛……因為我沒嘗試過……」

雖然露出沒什麼自信的表情，但蘭也同樣以單腳站立。一開始雖然有些搖晃，但立刻就讓身體安定下來。

在小學四年級被迫轉學之前，有紀和蘭也很正常地在學校上體育課。因為是雙胞胎，所以身高的成長速度差不多，但奔跑的速度、球技的熟練度，真要說的話連同考試點數都是由蘭稍微占上風，有紀內心一直暗暗感到懊悔。

她暗暗下定決心「至少在虛擬世界的獨立對決要獲勝！」並且持續保持著平衡，但是經過短短的一分鐘，梅利達突然就盛大地拍手並且大叫：

「有紀和蘭都好厲害！我還是第一次在這邊看到能單腳獨立那麼久的人！」

和姊姊兩個人因為這聽起來有些誇大的發言而感到茫然，梅利達就像是很焦急般握住雙手。

「FC數值這麼高的話，一定可以成為優秀的昆蟲獵人的啊！噯，即使是現在也還不太遲，要不要轉職成昆蟲獵人？我可以教妳各種知識喔！」

面對連珠炮般說出一串話的梅利達，依然單腳站立著的蘭舉起雙手表示「先冷靜一下」，然後以溫柔的聲音問道：

「梅利達，首先FC是什麼？」

「我也沒聽過耶。」

看見同時露出狐疑表情的兩個人，梅利達像是要讓自己冷靜下來一樣先深呼吸一次後才開始說明。

「抱歉，是我太著急了……我老是這個樣子。嗯……所謂的FC呢，就是Full-dive Conformation……亦即虛擬世界的適合度，單腳站立就是最簡單的測試方法。這邊的平衡感與重力感和現實世界有微妙的差異，只有能調整這些差異的人，才能長時間單腳站立。雖然我的累積潛行時間已經很長了，但四十秒左右就是極限了吧。」

「是……是這樣啊……」

有紀對於梅利達關於完全潛行技術的知識量感到有些驚訝，同時低頭看一下自己的右腳。確實有最初使用實驗一號機時因為跟現實世界的些微差異而感到困惑的記憶，但是在因為色彩鮮艷的虛擬世界而興奮地又飛又跳當中，應該立刻就習慣了。姊姊蘭也沒有提到過感覺上的差異才對。

「……這就表示，那個FC有個人的差異嘍？」

有紀隨口這麼詢問，結果梅利達就一臉認真地點點頭。

「是啊。雖然很少見，但是也有最初的連線測試，就被判定為FNC……不適合完全潛行的人。都花大錢買了NER……AmuSphere了，被做出這種判定的話會大受打擊吧。嗯……不過現在購買之前能夠先嘗試的店家變多了。」

「這樣啊……」

雖然事到如今才為了自己和姊姊並非ＦＮＣ感到放心，但有紀也知道自己產生了淡淡的罪惡感。現在使用的Medicuboid二號機就不用說了，就連蘭的修改版NERvGear都是醫院幫忙準備的產品。雖然倉橋醫生表示「考慮到兩個人罹病的經過，這點小事根本算不了什麼」，但是像這樣跟寧靜花園的其他玩家交流時，總是會忍不住這麼想。原本應該要買下兩台昂貴的AmuSphere，才能跟姊姊一起來到這個地方。

沒錯——仔細一想就會覺得姊姊的運動神經本來就很好，而自己之所以能像這樣單腳站立好幾分鐘，完全是靠性能比AmuSphere好許多的Medicuboid吧。

這樣的想法浮現在腦袋裡的瞬間，有紀就對於跟蘭較勁感到疲倦而準備放下左腳。

但是在那之前……

「啊～撐不住了！」

蘭邊這麼大叫邊從右側抱住有紀，於是兩個人就一起倒到草地上。

「哇，姊姊妳做什麼啦！」

「先碰到地面的是小有，所以單腳獨立是我贏了！」

「嗚哇，真狡猾！我本來還能繼續撐下去的耶！」

忘記數秒鐘前的沮喪如此反駁蘭之後，原本瞪大眼睛的梅利達突然發出開朗的笑聲。

「啊哈哈，妳們兩個的感情真好。好羨慕喔，我也好想有個姊姊或妹妹……」

說到這裡後，梅利達臉上的笑容瞬間消失並且沉默了下來。應該是想到姊妹一起參加VR安寧病房代表什麼意思了吧。

有紀雖然想對她說「不用在意」，但一時卻說不出話來，於是蘭就代替有紀以開朗的口氣表示：

「梅利達的話應該能成為很棒的姊姊。因為妳很帥氣，又懂很多東西。」

蘭站起身子，把有紀拉起來並繼續說：

「梅利達好像對完全潛行遊戲很熟悉，除了寧靜花園之外，還有玩其他的遊戲嗎？」

「嗯～現在主要是寧靜花園吧。因為忙著狩獵和養育昆蟲。」

梅利達雖然再次恢復笑容這麼回答，但是笑容裡卻帶著些許陰影。

「寧靜花園之前還玩了另一個遊戲……但是開始正式營運之前就發現生病了，來不及繼續玩下去。」

「這樣啊，是什麼遊戲？」

不清楚其他VR世界的有紀興致勃勃地這麼問道，結果梅利達就帶著內含苦澀感情般的笑容，提出了另外一個問題。

「兩位還有時間嗎?」

「嗯……」

瞄了一眼顯示在視界右下的時間，上面寫著下午三點半。到晚餐時間的六點還有一段時間，今天兩個人也沒有檢查或面談的預定。

「應該還有兩個小時的時間。」

有紀這麼回答完，昆蟲獵人女孩就輕輕點了一下頭。

「那麼要不要到村子裡去喝茶然後繼續聊呢?」

3

寧靜花園世界裡，除了首都賽雷尼蒂之外，東西南北各個地方都配置了一座城市或者村莊。位於東部提爾山丘的是名為「洛伊提」的村莊，中央廣場上設置了轉移門，一瞬間就能回到首都。

在有紀和蘭前面鑽過村莊大門的瞬間，梅利達就轉過頭來表示：

「兩位，可麗餅和冰淇淋，妳們比較喜歡哪一種？」

立刻回答「可麗餅！」的聲音完全同步，讓梅利達瞪大了眼睛。

「毫……毫不猶豫耶。」

「嘿嘿嘿。」

有紀笑著和姊姊短暫交換了一下眼神。可麗餅是去世的母親最拿手的點心。以稍微烤成淡茶褐色的餅皮來裹住奶油與水果的甜可麗餅，或者捲起起司、火腿的鹹可麗餅，又或者是把疊起來的餅皮浸在溫柳橙風味醬汁裡的火焰薄餅，都是喜歡到可以每天吃的點心。

住院之後，雖然有一陣子在醫院的咖啡廳裡可以吃到比不上母親親手製作，但還算美味的可麗餅，但是進入無塵室後就無法品嚐了。

至於蘭則通常是吃醫院的餐點，也可以到咖啡廳去。但是她似乎為了配合有紀，決定只在虛擬世界吃可麗餅。有紀有一次抱怨說「不用在意我，在現實世界也可以吃」，結果被她以「一個人吃也不好吃」給反駁了。

不清楚這些內情的梅利達或許也感覺到什麼了吧，只見她迅速點點頭並且拍了一下穿著迷彩T恤的胸膛。

「好，我就帶妳們到珍藏的可麗餅店去吧！」

「咦……這個村子裡除了廣場的餐廳之外，還有那種店嗎？」

聽見蘭的問題，梅利達只是盈滿微笑就直接往前走。

洛伊提村是建築在略高的山丘上。望著彷彿阿爾卑斯山村的磚瓦牆房子並且爬上石頭鋪成的主要幹道。寧靜花園的同時上線人數最多就只有一千人左右，從全國住在安寧病房的患者有超過三萬人來看，就能知道實在不能說是普及，由於整個世界就只有五座城市和村莊，所以路上往來的行人倒是還不少。

但是梅利達在離開聚集許多商店的大路來到迷宮般的巷弄之後，就踩著俐落的腳步持續在巷子裡左彎右拐。

在沒有詳細地圖機能的寧靜花園裡，能夠像這樣毫不遲疑地行走，除了完全掌握洛伊提

村錯綜複雜的地形之外，應該也是因為很習慣虛擬世界的緣故吧。感覺再次對梅利達在寧靜花園之前玩的遊戲產生興趣的兩人持續走著，當終於分辨不出現在位置的時候，眼前突然變得開闊。

山丘的西側斜面上凸出著半圓形小露臺，從該處可以瞭望整個午後陽光照耀下閃閃發亮的草原。遠方呈淡藍色相連的是峽灣狀海岸，也就是世界的盡頭。

露臺上只放了一張設有遮陽傘的桌子，桌子後方的小咖啡廳正飄出甘甜香味。

「真幸運，外面的桌子空著！」

笑著回過頭來的梅利達繞到兩人後面推著她們的背部，讓她們坐到能眺望草原的椅子上。自己則坐在對面，按了一下桌子上的菜單。

「這裡是洛伊特村我最喜歡的店。今天我請客，妳們盡量點吧！」

一起被眼睛下方的絕景吸引住的有紀與蘭，同時把視線拉回來後開始不停搖頭。

「都帶我們到這麼棒的店來了，怎麼還能讓妳請客呢……」

梅利達做了一個手勢阻止急忙準備起身的蘭。

「妳在說什麼啊，這裡的可麗餅完全比不上皇家崔頓鍬形蟲喔。至少讓我請這一頓吧！」

「……那我們就不客氣了。」

蘭再次坐下時，有紀的視線已經移向軟木製的菜單上面。

因為是虛擬世界，所以店內的冰箱擁有無限大的容量，但是菜單上實在排了太多的文字列了。根據注意事項，似乎有五種餅皮、十種奶油、二十種水果、三十種醬料、五十種配料可供自由選擇。也就是說可以組合的模式實際上是無限大。

「太厲害了……但是，這麼多的話就無法決定了……」

有紀才剛做出軟弱的發言，蘭便朗聲說出一連串選項。

「那我的麵皮要這個『濕潤甜心』，奶油是『綿密生奶油』，水果我要『紅寶石草莓』和『清爽橘子』，醬料要『濃稠巧克力』，最後配料是『新鮮開心果』和『焦糖餅乾』！」

「…………」

有紀啞然看著不停按著觸碰式面板菜單的姊姊。坐在對面的梅利達也瞪大了眼睛。雖然有許多事情都比不上姊姊，但差距最大的應該就是決斷力了吧。有紀到目前為止，幾乎沒有看過蘭三心兩意、猶豫不決的畫面。

結束選擇的蘭抬起頭來說道：

「小有妳呢？」

「……跟姊姊一樣吧。」

以豎起白旗投降的心情搭便車之後，梅利達也接著說「那我也一樣！」。

點頭的蘭在數量的地方輸入3……

「那麼就讓妳破費了。」

接著就遞出菜單。接過菜單的梅利達按下點餐鍵，支付三人分的卡連之後，短短十秒鐘NPC女侍就從店鋪內端了三個盤子過來。

盤子上的可麗餅外形是見慣了的三角錐，但是比想像中大很多。奶油與水果豪邁地滿出淡黃色餅皮，醬料與配料則是發出閃亮的光輝。

「嗚哇，看起來好好吃！」

這麼大叫的有紀，在胸前握起雙手完成簡略的祈禱後，就用雙手拿起可麗餅。現實世界的話，要在不崩壞的情況下品嚐這龐然大物是極困難的任務，但這裡只要不自己放開手……就不會發生奶油或水果掉下來沾到衣服的慘劇。

「開動了～！」

和蘭異口同聲地唱和之後，就把嘴巴張到最大來一口咬下。濕潤又極薄的餅皮暢快地破開，從裡面飛出軟綿綿的奶油與大顆草莓。

剛剛來到這個世界時，對於吃以程式形成的食物這種行為感到很不對勁，但是馬上就習慣了。雖然要跟現實世界一樣咀嚼、品嚐味道需要一定的訣竅，但閉起眼睛，不太需要動舌頭，只要用一定的力量咀嚼，就不會發生太嚴重的「感覺錯亂」。

口中的餅皮與奶油、草莓融合並且滑落喉嚨的感覺消失之後，有紀就瞬間張開眼睛並且大叫：

「梅利達，這個可麗餅非……非常好吃！和轉移門廣場前面的那家店完全不一樣。」

結果剛認識的朋友就露出發自內心的笑容說：

「對吧！我想是因為檔案的量很大，才會在這種沒什麼人來的地方。我一開始發現這家店之後，可是花費了一番功夫才能不迷路就來到這裡呢……蘭妳覺得呢？還能接受嗎？」

聽見問題的蘭，從馬上咬了三口的可麗餅上抬起臉龐並且用力點點頭。

「決定了。我要經常來光顧，直到吃完這裡所有種類的可麗餅。」

「啊哈哈，雖然很辛苦但加油喔！已經來這裡半年的我，嘗試過的組合可是連一半都不到喲。」

「那下次把妳推薦的組合告訴我吧。」

有紀聽著兩個人的對話，同時持續減少巨大可麗餅的面積。

很可惜的是，還是不認為它比母親烤的可麗餅美味。因為地球上任何地方都不存在這樣的可麗餅了。但是，光是能和在這個世界偶然相遇，剛剛變成朋友的女孩子一起品嚐，感覺吃起來應該就比它原本的味覺檔案美味好幾倍了。

尚未發病之前——在小學上課時，身邊有許多好朋友。每天都很期待在教室裡把桌子併起來，大家一起熱絡地聊天並且吃著同樣菜色的營養午餐時間。

但是這樣的樂趣也在有紀是HIV帶原者的傳聞散開那一瞬間就消失了。沒有同學願意與自己併桌，有紀每天只能一個人在教室角落孤單地吃營養午餐。原本最喜歡的豬肉咖哩、冬粉湯以及牛奶布丁都變得不好吃了。

現在想起來，自從住院之後這還是第一次和「朋友」一起吃東西。即使雙手拿著的是虛擬可麗餅，也不清楚對方的本名與真正的容貌，然後地點還是異世界的露天咖啡廳——就算是這樣，現在揪緊有紀胸口的酸楚與溫暖都是真實的感情。

「…………有紀。」

突然被梅利達叫到名字而張開眼瞼的有紀，發覺自己邊吃可麗餅邊噙著眼淚。她急忙把吃到一半的可麗餅放回盤子上，然後用雙手揉眼睛。但是眼淚卻一直無法停下來。以前蘭曾經告訴過自己，虛擬世界的感情表現有些誇大，因此好像很難忍住淚水。

「我……我沒事，只是有點……有點…………」

如此呢喃著並且擦拭眼角，旁邊的蘭就溫柔地拍著有紀的背部。或許是從小就這樣被安慰而變成了反射條件吧，這時候眼淚終於止住了。

「……抱歉喔，梅利達，突然就掉眼淚。因為可麗餅實在太好吃，還有真的很開心……」

好不容易露出笑容之後，梅利達也以像是在忍耐些什麼的臉龐展現微笑。她把最後一塊可麗餅放進嘴裡並且吞下去後就呼出一口氣。

「……我前陣子自己一個人也經常掉眼淚。不對……即使是現在，只要想起來就會覺得很難過。又難過又懊悔又鬱悶，真的很想像個嬰兒一樣哭鬧。」

梅利達靜靜地這麼說著，視線同時朝向遠方的草原。太陽的顏色不知道什麼時候已經變得很濃，讓寬廣的草原發出金色光輝。

「……回想起來的，是在來到寧靜花園之前玩的那個遊戲嗎……？」

蘭的問題讓深綠色馬尾稍微晃動了一下。

「嗯。我只玩了一個月……而且不是正式營運，而是封閉測試。時間是二〇二二年八月，算是寧靜花園開始營運前一年吧。我戴的不是AmuSphere而是NERvGear，靠著它成為了世界第一款VRMMORPG的玩家……」

這番話經過了一段時間的延遲，才傳達到有紀的意識當中。

蘭在開始採集香草之前讓自己看的新聞內容重新在腦內甦醒。於是她便以沙啞的聲音輕輕呢喃著那個名字。

「……Sword Art Online……？」

輕微但確實點了點頭的梅利達，嘴角依然掛著哀戚的微笑。

「沒錯。我在SAO封測的時候加入了中等規模的公會。那真的很有趣……一個月的封測轉眼間就結束了，最後一天大家約好十一月正式開始營運時絕對要再次碰面。但是不久之後我

的腦部就發現腫瘤。由於實在不是玩遊戲的時候，所以NERvGear就被拿走了。」

「……………但是，那樣的話……」

應該是從簡短的呢喃就體會出蘭的言外之意了吧，梅利達再次點了點頭。

「嗯。託腫瘤的福，我才沒被關進那款死亡遊戲裡面。父母親和醫生都說既然是拯救了生命的腫瘤就一定能治好……但是世界上的事情並非全都如此順利。我的腦腫瘤是在無法動手術的地方，雖然持續進行化學療法與放射線治療，但是都一直無法消除。它已經陪我一年半的時間了。」

發出「呵呵」的笑聲後，梅利達就像探索自己的腦袋當中一樣，以指尖摸著太陽穴附近。

這時候不只是有紀，就連蘭都無法立刻開口說話。

梅利達之所以在捕捉鍬形蟲的樹木附近倒下，果然是因為腦部的疾病。惡性腫瘤，也就是所謂的癌症，對有紀她們來說也是很大的威脅。因為免疫力由於ＡＩＤＳ發病而下降之後，血液中的淋巴球變成癌症的風險將會升高。目前有紀和蘭在定期檢查時都沒有發現腫瘤，但就算進入無塵室也無法防止細胞的腫瘤化。

放下手的梅利達把身體靠在椅背上，一邊看著藍色與淡黃色混雜在一起的天空一邊繼續說道：

「……我最近有個絕對不能跟父母親說的想法。覺得與其這樣因為腫瘤而死，倒不如被關進ＳＡＯ……艾恩葛朗特裡面，在那裡跟公會的伙伴們一起戰鬥……」

「…………！」

有紀和蘭同時屏住呼吸。

「艾恩葛朗特」這個名字，應該是成為Sword Art Online刀劍神域舞台的那座浮遊於空中的巨大城堡。正式營運開始的同時，大約有一萬名玩家被囚禁在該處，然後課以「無法登出，ＨＰ歸零時玩家本身也會死亡」的規則。之後的一年半裡已經出現超過三千人的死者。以個人所引起的事件造成的犧牲者數來看，應該是日本歷史，不對，應該是世界歷史上最多的吧。

為什麼要自願進入那麼恐怖的遊戲當中——有紀她們無法對梅利達這麼說。

罹患惡性腦腫瘤後在五年內的生存率平均來說大概是百分之三十左右。概略算起來，五年當中有七成的患者將會失去生命。這個數字遠遠超過ＳＡＯ大約三成的死亡率。

「……也是啦。」

這麼呢喃的是蘭。回過神來的有紀看向身邊，發現姊姊的側臉雖然還是平常一樣安穩，但深藍色眼珠似乎增加了些許光輝。

「如果我經歷過Sword Art Online刀劍神域的封測，可能也會跟梅利達有同樣的想法。對於疾病就只能忍耐，但是怪物的話就能以自己的力量來戰鬥了。」

聽見蘭這麼說，梅利達像是有些驚訝般瞪大雙眼，接著視線就落到桌面的空盤上。發出純白光芒的盤子，讓人不敢相信剛剛上面還放著加了一大堆奶油的可麗餅。

「……嗯。與其就這樣悄悄死在醫院的病床上……真的很想立刻衝進SAO裡，為了其他人戰鬥而死。總覺得……如此一來……說不定就能找到我活著的意義了……」

透明水滴滴落白色盤子發出「啪答」一聲。在西下的陽光照耀下，短暫地發出美麗光芒然後消失得無影無蹤。

活著的意義。

這句話深深地刺進有紀心裡。

雖然沒有對過世的雙親甚至是姊姊提過，但從很久以前就反覆思考著同樣的事情。自己為什麼活著呢？讓父親與母親痛苦，學校的老師與同學困擾，沒有留下任何東西應該就會在成為大人之前死亡的自己，現在活著究竟有什麼意義。

這個問題目前還找不到答案。說不定到最後的瞬間都無法找到，但是有紀還是無法點頭同意梅利達的話。當她很想把從心底深處湧出的感情化為言詞，持續不斷地吸入空氣時，蘭的手就溫柔地撫摸著她的背部。下一個瞬間，有紀就從嘴裡發出巨大的聲音。

「不行……不能這樣啦，梅利達！妳這麼做的話，就再也無法見到爸爸和媽媽了。不能讓他們傷心難過啦……因為……因為……」

跟我和姊姊不一樣，梅利達隨時都可以跟父母親見面啊。

梅利達似乎感受到有紀沒有說出口的話了。她抬起被淚水濕濡的臉龐，持續以大眼睛凝視著有紀，最後嘴角出現些許笑容並且點了點頭。

「……嗯……說得也是。抱歉喔，有紀、蘭，我不該說這種奇怪的話。」

像剛才的有紀那樣以雙手擦拭臉龐數次來甩落淚水。破涕為笑之後，梅利達就用充滿元氣的聲音繼續表示：

「別擔心！因為接下來還有好好養育羅伊，在下一屆昆蟲終極淘汰賽裡獲得優勝這個目標！而且……實際上現在也沒辦法到艾恩葛朗特去。何況只有NERvGear才能運作ＳＡＯ，能夠連線的ＩＰ也僅限於目前那些玩家使用的位址。」

聽她這麼一說，就想起自從事件受害者使用的之外所有NERvGear強制遭到回收後，確實就沒聽過有自願登入ＳＡＯ的人了。有紀這才放鬆肩膀的力道，臉上也浮現笑容。

「淘汰賽我會去幫妳加油。一定要獲得優勝喔！」

「交給我吧！」

「咚」一聲拍了一下胸膛的梅利達伸了一個大大的懶腰後，像是突然想起什麼般表示：

「對了，有紀和蘭還有玩什麼ＶＲ遊戲？」

蘭代替剛把剩下來的可麗餅吃進嘴裡的有紀回答：

「沒有，我們一開始就只有來這裡。」

「咦～太可惜了。明明可以單腳站立那麼久！我想應該可以活躍於所有動作系的遊戲才對……」

她的話讓姊妹面面相覷。

她們知道這一年裡發售了許多對應AmuSphere的遊戲。幾乎和寧靜花園同一時期開始營運的「ALfheim Online」這款MMORPG遊戲，變成精靈來翱翔於天際的概念受到相當大的歡迎，其他還有跟殭屍戰鬥的恐怖射擊遊戲，或者探索遺跡的冒險動作遊戲等常見的類型。

但是至今為止，有紀根本沒有跟蘭提到過想玩玩看其他遊戲。理由應該是因為使用Medicuboid「單純只是玩遊戲」，總是會覺得有種罪惡感。而使用免費提供的修改版NERvGear的蘭恐怕也有同樣的感覺吧。

當猶豫著該如何跟梅利達說明時，蘭就微笑著說：

「雖然很高興聽到妳這麼說，但AmuSphere用的遊戲軟體很貴吧？我們的零用錢實在買不起。」

蘭所說的也算是事實。雙親亡故後又過了一陣子，兩個人便彼此商量要縮減零用錢的金額。因為想盡可能把雙親留下來的遺產捐給支援重症兒童的NPO團體。因此實在不會想去購買將近一萬日幣的遊戲軟體。

但是梅利達眨了眨眼睛後就大動作搖搖頭。

「啊，這妳們不用擔心！現在也有使用者免費但是道具需要付費的遊戲喔。」

「咦……妳的意思是遊戲軟體本身是免費嗎……？」

驚訝地這麼問完，這次梅利達換成用力點了點頭。

「ＹＥＳ！下載軟體並且安裝就能玩了。想購買支援道具或者帥氣裝備就要花錢了，但我也完全沒有課金喲。」

「這樣啊……是什麼樣的遊戲？」

蘭出乎意料地以感興趣的口氣這麼問道。梅利達在左腰附近做出握住某種東西的動作後，隨即「咻」一聲把右手伸到桌子上。

「最近很久沒玩了，那是名為『飛鳥帝國』的和風ＭＭＯ。成為武士、忍者或者巫女來戰鬥。風景和寧靜花園完全不同……有大到極點的城堡以及非常漂亮的神社，真的很有趣喔。」

「……戰鬥……」

有紀忍不住這麼呢喃。

因為是遊戲，所以戰鬥本來就是理所當然。但還是對於在虛擬世界裡拿著刀或槍等武器和其他玩家戰鬥感到害怕。和螢幕上面的角色不同……對方除了是虛擬角色之外也是真正的人類。在知道這一點的情況下，實在不認為能認真地砍殺、打擊或者毆打對方。

但這個時候，蘭再次做出令人意外的發言。

「聽起來很有意思耶。」

「對吧！」

梅利達眼睛閃閃發亮，從桌上探出身子。

「嗳，不介意的話，要不要到飛鳥帝國來看看？我可以幫妳們帶路！」

「這個嘛……」

「穿上巫女或者武士的裝備後我幫妳們拍照吧！妳們兩個很適合那種打扮！」

「這個嘛……」

「還有，餡蜜、汁粉和蕨餅可以吃到飽喲！」

「…………！」

有紀沒有錯過姊姊肩膀震動了一下的反應。不只在寧靜花園，連在醫院咖啡廳都吃不到的麻糬汁粉，是繼母親親手烤的可麗餅之後姊姊最喜歡的食物。

為了幫助被玩遊戲的罪惡感、對未知世界的憧憬以及汁粉的誘惑夾在中間的姊姊，有紀下定決心來叫道：

「姊姊，難得梅利達如此邀約，我們就去看看吧！醫生一定會答應的！」

結果蘭就以有些驚訝的表情看了一下有紀，然後臉上露出難得一見的百分百笑容並且點了點頭。

「那好吧……我們去看看！」

「太棒了！」

梅利達高聲拍了一下手，接著瞄了空中一眼。

「今天……應該沒辦法了。我會先把安裝飛鳥帝國的方法寄到寧靜花園的帳號，明天下午一點可以嗎？」

「嗯，好喔。」

蘭點完頭後，梅利達就拖著馬尾輕輕跳躍來迅速站起身子，接著伸出左右兩邊的手。

「有紀、蘭，能跟妳們兩個成為朋友我真的很開心。今後也請多多指教！」

覺得對方直率的視線與發言相當炫目的有紀和姊姊一起站起來，然後和這名隔了好久才又交到的朋友緊緊握手。

4

隔天五月十二日是星期日。

由於外來診療今天休診，感覺整間醫院比平常安靜了一些。只不過只有因為檢查與入浴而從Medicuboid裡出來時，才能感受到這些事情。

由於有紀無法使用感染風險高的病房大樓內的共用浴室，所以在鄰接無塵室的滅菌室設置了吊艙式的特殊入浴設備。雖然浴槽部分極為狹窄，與其說是入浴倒不如說是受到洗滌，但是能用熱水洗身體和頭實在很舒服。

寧靜花園裡也存在超巨大澡堂，或許應該說溫泉飯店般的地點，但熱水的感覺還是跟現實世界不同，另外雖說是虛擬角色，在他人面前裸體還是有抵抗感。雖然經常被蘭取笑「妳想太多了吧」。

星期日上午的入浴時間結束，感覺清爽多了的有紀在全身消毒後穿上代替睡衣的檢查衣回到無塵室，然後躺到Medicuboid試驗二號機的高密度凝膠床裡。相對於被稱為「ＭＦＴ１」的試驗一號機，正式名稱是將醫療與立方體結合起來所形成的二號機，正如它的名字一樣本體部分是巨大的箱型。現在正在開發中的三號機似乎更為龐大，但有紀已經不知道能不能看到它正式上市了。

躺著茫然想著這些事情，腦袋裡就重新響起細微的聲音。

——如此一來……說不定就能找到我活著的意義了……

活著的意義。

幾乎所有參加寧靜花園的高齡玩家，一旦來到自己要求進入的ＶＲ世界，就會有驚人的活動力，但偶爾還是會聽到一些消極的發言。

——反正也治不好了，希望能趕快死一死。

——反正也不會有什麼好事了，活下去也沒用。

蘭每次遇見這樣的老年人們，都會拚命鼓勵來讓他們恢復元氣。但是有紀卻一直沒辦法像姊姊這樣。這是因為她內心也被類似的虛無感盤據著。

到半年前，光是靠著不想讓父母親傷心這個理由就能一直努力下去。不論再怎麼辛苦，在雙親面前都能保持精神十足的模樣。覺得只要能讓最喜歡的爸媽露出笑容，自己什麼事情都辦得到。但是現在雙親已經不在了。

現在最愛的姊姊還能待在自己身邊。絕對不想說出讓姊姊傷心的話，也不願意做出這樣的事。只不過——假如、萬一要是發生蘭丟下有紀先到雙親身邊去的情況。實在不覺得接著還能

找到活下去的理由。

不對，蘭不可能丟下有紀一個人不管。只要有紀還活著，蘭就不會死去，反過來也是一樣。

別再亂想了。難得梅利達招待我們到新的遊戲去。不想露出陰鬱的表情。

VRMMO遊戲「飛鳥帝國」的應用程式，在倉橋醫生的允許下——強調必須保密是Medicuboid的測試者——已經完成安裝並且製作好虛擬角色。有紀確認完時間後就把頭放到靠枕上，手動降下頭套部。

閉上眼睛，聽著「咻咿咿咿」的細微機械雜音，詠唱NERvGear與AmuSphere唯一共通的完全潛行開始指令。

「……開始連線！」

從應用程式啟動裝置裡選擇的並非平常的寧靜花園，而是新追加的飛鳥帝國圖標，接著有紀的意識就開始往數位的黑暗墜落。

腳邊開始有光圈靠近，鑽過該處的瞬間，一片光線就在視界裡散開。

兩腳接觸到地面的同時，有紀眨了一下眼睛。一抬起頭就有風雅的色彩映入雙眼。

紅與黃、朱色以及橘色。包圍四角形空間的，是顏色鮮艷的樹葉隨微風沙沙搖動的無數樹木。

天空是具透明感的藍色。地面覆蓋白色碎石，移動腳步就發出「嘰窸嘰窸」的輕快聲響。前方聳立著一座巨大鳥居，上面塗著比紅葉更深一輪的紅色，鳥居前方延伸著鋪有砂石的參道。

「……這的確跟寧靜花園有很大的不同。」

由於聽見這樣的聲音，有紀就往旁邊瞄了一眼，結果該處站著一名女孩子，身上穿著簡樸但外形可愛的和服。長相跟現實世界以及寧靜花園有微妙的差異，但是從髮型、聲質以及氣氛就瞬時了解那是蘭。目前周圍看不見其他玩家的身影。

有紀確認自己也穿著同樣造型但顏色不同的和服並且點了點頭。

「果然有濃濃的和風感。」

「真的。姊姊我開始覺得很期待了。」

「妳的目標是汁粉吧？」

「那是當然了！」

當她們悠閒地對話著時，就從鳥居那邊傳來「咻噠噠噠」的輕快腳步聲。以劇烈前傾的姿勢往這裡跑過來的是一名拖著長長馬尾的女孩子。

鑽過鳥居後就高高躍起，在空中完成連續轉身的動作，最後降落到兩個人的眼前。

「喔喔～」

有紀和蘭抬起手後，全身穿著符合忍者形象亮綠色裝束的女孩子就誇張地行了個禮。視線一直對準她之後，頭上就浮現「Merida」這個角色名稱。這是寧靜花園不存在的機能。

「久等了！歡迎來到飛鳥帝國！」

抬起頭來的梅利達，一看見兩人的瞬間，那比昨天稍微精悍一些的虛擬角色就像很感動般輕輕往後仰。

「有紀和蘭都很會創造角色耶！兩個人都很可愛，而且很像寧靜花園的角色喲。」

「是……是嗎……只是稍微改變一下基本套件裡的模組而已……」

如此回答的有紀，這時才終於發現視界左上角浮著不曾見過的東西。

細長的藍色棒子與綠色棒子上下並排，下方顯示著「Yuuki」這個名字。持續聚焦視線後，綠色棒子上就浮現「LP　350／350」，藍色棒子上則是「SP　100／100」等文字。

應該是從視線的方向察覺到有紀在看什麼吧，梅利達豎起食指來表示：

「只玩過寧靜花園的話，應該是首次見到吧。綠色的是Life Point，也就是生命力。而藍色的是Soul Point，就是使用法術或技能會減少的東西。目前還是『新人』所以兩個人的數值一樣，但是在城裡接受入門任務並且決定職業之後，其中之一就會大量增加了。」

「這樣啊……梅利達是什麼職業？嗯，從妳的打扮大概就能猜出來了。」

蘭一這麼問，梅利達就露出滿足的笑容，雙手迅速組成複雜的形狀。這也就是所謂的結印吧。

「喝！」

最後發出一聲喊叫。下一刻，一陣淡藍色煙霧包裹住梅利達，她的身影也消失無蹤。蘭同時左顧右盼注意著周圍，但是根本連影子都找不到。只響起踩著碎石的腳步聲，然後從正後方感覺到氣息——當這麼想的瞬間，有紀已經被從後面緊抱住了。

「有紀Ｇｅｔ！」

再次有煙霧隨著這樣的聲音湧出，抱住有紀的雙臂跟著出現。

「哇啊，我不是鍬形蟲啦！」

開始掙扎之後，梅利達就發出開朗的笑聲並放開雙手回到原來的位置。興致勃勃地看著這一切的蘭則一邊點頭一邊表示：

「也就是說，梅利達是忍者對吧？」

「答對了！正確來說，忍者是盜賊的上級職業。新手玩家都是從『劍士』『盜賊』『術士』其中之一入門，然後轉職成武士、弓師、忍者、巫女和僧兵等各種職業。」

「這樣啊……那我要當什麼才好呢？」

「煩惱該選什麼職業也是ＭＭＯ的樂趣喲！」

梅利達咧嘴笑了起來，指著鳥居說：

「來，我們走吧！那邊有飛鳥的首都喔！」

飛鳥帝國這個遊戲，是古代近畿地方興起的大和王權持續統治了千年以上這樣的設定。首都淨御原是建設成棋盤狀的廣大都城，面積足有寧靜花園首都賽雷尼蒂的三倍吧。

同時最大上線人數也是僅次於ＶＲＭＭＯ最受歡迎的ALfheim Online，所以星期日午後的首都充滿了穿著和風裝束的玩家。首次看見虛擬世界聚集了那麼多玩家的有紀與蘭，在鑽過南大門時就說不出話來只能呆立在現場。

而且不只是人數而已，不知道該說是生氣勃勃還是龍蛇雜處，充滿虛擬街道的能量和寧靜花園完全不同。寬三十公尺左右的主街道上有熱鬧談笑的集團、氣勢洶洶地吵架的集團，甚至有人在路邊擺攤做生意。

「呼哇……好多人啊……」

有紀一這麼呢喃，梅利達就做出「對吧！」的回應。

她催促姊妹繼續前進，一邊稍微放低音量接著說道：

「剛發生ＳＡＯ事件的時候，大家都很害怕ＶＲ遊戲，還出現限制完全潛行技術的言論……但這個世界果然擁有過往的遊戲所沒有的『某種東西』。一旦嘗過它的甜頭之後，就再也回不去螢幕和遊戲控制器了……」

有紀也能理解梅利達想說什麼。

雖然不清楚今後會不會繼續玩飛鳥帝國，但是沒辦法到寧靜花園去的話，每一天都會變得無趣許多吧。和蘭聊天、吃點心、尋找採集道具、一起用功……因為她每天都深刻地體驗著這些幸福。

雖然世界不同，但飛鳥帝國裡的幾千名玩家們一定也是這樣。不是單純拿來殺時間，也不是逃避現實世界的地點。至於梅利達應該也一樣才對。正因為在這裡找到些什麼，才會努力到成為似乎是上級職業的忍者。

但是梅利達昨天在洛伊提村的可麗餅店裡，卻做出似乎想回到Sword Art Online刀劍神域的發言。她說如此一來說不定就能找到活著的意義並且流下眼淚。也就是說，在這個飛鳥帝國裡面，梅利達沒有找到真正想要的東西嗎？如此一來，同樣是ＶＲＭＭＯ遊戲的飛鳥帝國與Sword Art Online刀劍神域到底有什麼不同呢……

「看，那裡就是『入門處』喔！」

梅利達充滿元氣的聲音把有紀從沉思裡拉回來。一看之下，通道右側聳立著具備三個入口的特大建築物。

「劍士、盜賊和術士，有紀和蘭想成為哪一種？」

「這三種職業有什麼不同？」

梅利達仔細回答著對遊戲不甚熟悉的蘭所提出的問題。

「劍士是到隊伍前面以武器或格鬥來戰鬥以及抵擋敵人攻擊的角色。盜賊是以敏捷動作擾亂並且從事其他各種工作的角色。術士是在後方以魔法進行攻擊或者援護的角色……大概是這樣吧。」

「唔嗯唔嗯，原來如此。」

脖子和蘭歪向同樣的方向，思考了五秒鐘後有紀就做出了決定。

「那我選劍士！」

「我來當術士吧。」

聽見兩人回答的瞬間，梅利達就發出「呵呵」的笑聲。

「我就覺得是這樣。那麼有紀走正中央，蘭從右邊的入口進去，在裡面承接任務吧。我也會幫忙，讓我們立刻解決入門任務吧！」

「喔──！」

舉起右拳來大叫完，和蘭互相點了點頭的有紀開始跑了起來。

揮舞自己手上的武器，與真實的怪物戰鬥這樣的經驗帶來相當大的衝擊。

一開始時，每當足有大型犬那麼大的老鼠衝過來，都會一邊尖叫一邊逃竄，但是被咬到也不會痛——會感到稍微有點不舒服的震動——即使砍中對方也不會流血——相對地會有紅光飛濺——知道這些事情之後，就能夠不覺得害怕來戰鬥了。至於蘭則是打從一開始就沒有露出動搖的模樣，不斷地擊退大老鼠。

在熟練的忍者梅利達幫助之下，兩個小時就結束多達五個階段的入門任務。有紀順利成為劍士，蘭則是成為術士。梅利達邀她們去吃東西慶祝時，蘭率先表示想吃的當然就是汁粉了。

「呼哇哇哇……」

冒著熱氣的漆碗被端過來的瞬間，蘭就發出奇妙的聲音來表達感動。

「好厲害，太完美了，梅利達。不論是麻糬的焦度、紅豆的顆粒分明、作為配料的鹽昆布還是店裡的氣氛，一切都無可挑剔。」

「……妳……妳能喜歡真是太好了。」

「要是知道有這麼美味的汁粉，我就會早一點過來了……」

以感觸良多的口氣這麼呢喃完，有紀就合起雙手來獻上祈禱，然後拿起塗漆的筷子。

先等姊姊吃了一口後，有紀也把汁粉湊到嘴邊。甜味適中的紅豆沙充滿整個嘴巴，麻糬的香味隨後又追了上來。雖然不像姊姊那樣喜歡包餡料的食物，但這個確實很美味。

三個人在幾乎沒有對話的情況下吃完汁粉，然後同時呼出一口氣。

放下筷子的蘭啜了一口茶之後就說：

「……真的很美味。梅利達，謝謝妳帶我們到這裡來。」

「聽妳這麼說，我也很開心喔。」

「話說回來……淨御原這個城市，是設定為在現實世界的飛鳥地方吧？」

「對啊，怎麼了嗎？」

面對露出狐疑表情的梅利達，蘭指著桌子上的菜單說：

「把使用紅豆沙的湯品稱為『汁粉』的主要是關東地方。關西的話，紅豆沙是『善哉』，使用紅豆泥並且湯水沒有顆粒的才是『汁粉』喔。」

「原來是這樣啊！那麼紅豆泥在關東就是『善哉』嘍？」

「這個嘛，關東的話不論是紅豆沙還是紅豆泥都是『汁粉』，『善哉』是沒有湯汁的紅豆沙加到麻糬或者湯圓上面。」

「原來如此！我雖然是東京人卻不知道這件事呢。這麼說來，我們點了汁粉結果來的是紅豆沙，就表示這家店是關東式嘍……」

面對露出佩服表情的梅利達，蘭以一本正經的表情搖搖頭。

「不，也不一定是這樣。說不定正如梅利達所說的，情況是完全相反……」

這時候靈機一動的有紀邊窺看姊姊的臉邊大叫：

「啊，我知道了！姊姊，妳說了這麼多，其實就只是也想點點看這裡的善哉對吧！」

「嘿嘿嘿，被識破了嗎？」

看見輕吐舌頭的蘭，梅利達也開心地笑了起來。

加點的「善哉」並非紅豆泥也不是沒有湯汁，而是紅豆沙湯汁裡加了栗子，但這種形式也相當美味，所以三個人把它一掃而空，當她們離開店裡時太陽已經快要下山了。

「啊，在這種時間還吃了兩碗汁粉，晚餐不知道還吃不吃得下……」

梅利達摸著肚子這麼發著牢騷。

「真是不可思議，明明是虛擬世界的食物，卻真的會覺得很飽。」

有紀深深點點頭並且表示「就是說啊」。

「聽說吃東西時，完全潛行機器會全力刺激腦的咀嚼中樞，因此讓連動的滿腹中樞產生了錯覺。」

「原來如此……等等，我從剛才就一直在佩服妳們！有紀和蘭的知識比我豐富多了。」

「沒有啦，我只是把倉橋先生說的直接搬出來而已。（註：日文裡醫生與老師皆可稱為「先生」）」

看見縮起肩膀的有紀，梅利達短短一瞬間出現從夢中醒來的表情。應該是因為發現剛才有紀說的倉橋先生不是學校的教師，而是醫院的主治醫師吧。

離開跟昨天的可麗餅店一樣是私房景點的甜點店後，三個人並肩走在無人的巷弄裡。蘭所穿的白木木屐，在石頭地板上傳出喀啷叩隆的寂寞聲響。

一會兒後，梅利達就以變得低沉一些的聲音說：

「原來……有紀的主治醫生能夠理解完全潛行啊。」

「嗯……」

其實哪還有什麼理解不理解，有紀目前使用的Medicuboid，就是倉橋醫生建議她成為受驗者。還年輕的他，對於利用完全潛行技術的癌末醫療抱持很大的希望。但有紀因為有保守祕密的義務，所以不能讓梅利達知道這些事情。

「……梅利達的主治醫生呢？」

如此反問之後，穿著灰綠色忍者裝扮的肩膀就輕輕縮了起來。

「我的醫生……沒有太好的臉色。要登錄寧靜花園的帳號時，也拚命拜託他好幾次……他似乎認為使用ＶＲ的安寧治療跟ＱｏＬ的提昇沒有關聯。」

ＱｏＬ是Quality of Life的簡稱，安寧療養的目的是緩和病症帶來的身體上、精神上以及社會上的痛苦藉此提升ＱｏＬ。AmuSphere具備取消體感的機能，而且能夠阻絕一定程度的病痛，因此有許多人期待它能代替具副作用與倚賴性的止痛劑。

但另一方面，完全潛行中的患者從外部看的話就跟一直躺在床上的狀態沒有兩樣，「這樣能算是提升生活品質嗎」的意見也確實存在。梅利達的主治醫師應該也是這麼認為吧。

現在的有紀不清楚究竟是誰對誰錯。寧靜花園與飛鳥帝國都是充滿魅力的世界，確實感覺和蘭在那裡度過的時間相當寶貴，但是與現實世界的藍子接觸的時間已經可以說等於零了。如果可以不進入虛擬世界與無塵室，一整天都跟真正的姊姊待在一起，那麼這種情況或許比較幸福……有紀在極偶爾的情況下會這麼想。

代替低頭陷入沉思的有紀，蘭開口說道：

「……現在SAO事件仍未解決，對於完全潛行技術有不好的印象也是沒辦法的事。但是……我想相信這個世界的可能性。因為有寧靜花園才能遇見梅利達，今後應該也能遇見更多人才對。就算只有虛擬世界的連結也沒關係……因為我認為我們感覺到的才是真實。」

「嗯…………說得也是。」

梅利達把手放在自己胸口並點了點頭。

「能夠和有紀與蘭相遇我也很開心喔。與兩人一起度過的回憶將會一直留在這裡……不是虛擬角色，而是我真正的心。」

梅利達的口氣聽起來很開朗，但是「回憶」這個詞在夕陽下的巷弄裡留下沉重又酸楚的聲響。

她說過開始治療腦腫瘤已經過了一年半的時間。這段期間，她應該一直思考著自己還剩下多少時間吧。正因為這樣，梅利達才會想要在虛擬世界尋找自己活著的意義。

「……我也很開心。」

這麼低聲說完，有紀就舉起右手，靜靜握住走在身邊的梅利達的左手。

「我自從開始玩寧靜花園就一直跟姊姊以外的人保持距離。因害怕傷害到他人與自己……但是——昨天梅利達直接給我們很大的衝擊。所以才能夠這麼快就成為朋友。」

結果梅利達一瞬間瞪大眼睛，然後臉上露出燦爛笑容並且用力回握有紀的手。

「謝謝妳，有紀！能聽到妳這麼說，我真的很高興！但是……我昨天腦袋裡可能只想著鍬形蟲……」

「只能說是半斤八兩，有紀和我的腦袋裡也只想著可麗餅和汁粉啊。」

由於蘭握著梅利達的右手同時這麼說道，三個人就大聲笑了起來。當她們盡情歡笑的時候，有紀感覺到有一股舒服的風吹遍自己的內心。

能夠像這樣大笑的話，這裡究竟是現實世界還是虛擬世界就不重要了。

剩下來的時間裡，要盡可能讓自己多笑一點。就像梅利達對自己做的那樣，希望下次自己也能夠直接給某個人衝擊。

住院之後——不對，從小學轉學後，有紀首次有這種強烈的想法。

## 5

「話說回來，馬上就是妳的生日了。」

由於拿下聽診器的倉橋醫生突然這麼說，有紀不由得把視線朝右下方移去。

但是現實世界沒有顯示時間的視窗，無塵室的牆上也不可能掛著月曆，於是她便往上看著醫生並且詢問：

「那個……今天是五月幾日呢？」

結果倉橋就在無塵衣的厚厚面罩底下露出笑容。

「十六日喔。我記得木綿季和藍子都是二十三日出生的吧。」

「是的。」

有紀扣著無塵素材檢查服的釦子同時點了點頭，倉橋隔了一會兒後才以感觸良多的口氣表示：

「木綿季也十四歲了嗎……真的長大了呢……」

「咦……就我自己來說，還是希望能再長高一點。」

「哈哈哈，別擔心，還會再長高的。」

倉橋以溫柔的聲音笑了一下，摸了摸有紀的頭後就站起來。

「那下星期見了。」

「好的，再見了，醫生。」

目送倉橋直到滅菌室的門關閉，然後就躺到凝膠床上。

自己是在前年生日剛結束後住到港北綜合醫院，到現在已經過了兩年。期間有一半以上的時間，有紀是在這間無塵室裡度過。

到稍早之前為止，結束跟倉橋醫生每個星期一次的面談後──都會產生一股衝動，想跟在他後面衝出門外，確認現實世界是不是跟原本一樣存在。但是這幾天卻不太有被關在灰白色密室裡的感覺。

理由一定是因為在四天前受到梅利達邀約而闖入的新世界和許多玩家有所接觸的緣故。雖然只是在城鎮或練功區打招呼，然後交談個一兩句的交流，但還是能感覺到他們的熱情。即使發生過ＳＡＯ事件，世界上還是有這麼多人在享受ＶＲ遊戲，每天都有無數新的冒險與故事誕生。

維持躺在凝膠床上的姿勢移動身體，把頭放到靠枕上。今天一定要轉職成上級職業，有紀下定這樣的決心並且降下頭套，接著閉上眼睛。

「嘎嚕哦哦哦嗯！」

身高足有三公尺的鬼型怪物一邊發出奇怪的吼叫聲，一邊揮舞著簡陋的野太刀。從貫穿粗糙蓬髮的兩根角迸出藍黑色特效光來包裹住厚實的刀身。

「小有，技能要來了！」

聽見蘭的聲音後……

「交給我吧，姊姊！」

有紀回喊並且把自己的刀舉到上段。

轉職任務的最後魔王「惡路王」是會使用五種太刀系範圍攻擊劍技的難纏對手。只是迴避攻擊的話，將會遭到之後在周圍擴散開來的飛濺傷害，無法展開反擊。

劍士作為「牆壁」的任務不是迴避敵人的攻擊，而是盡可能把它擋下來。還只是一階職業，能力值偏低的有紀想要做到這一點就不能單純用武器防禦，自己也必須使出技能來與其衝突，藉此抵消威力。

應該瞄準的時機是從惡路王揮落野太刀開始，到攻擊技能的威力出現這零點幾秒的時間。

睜大雙眼、屏住呼吸來瞪著敵人的短刀。敵人的動作隨著「嘰咿咿咿」的耳鳴般聲音一點一點變慢。最近精神集中到極限時，這種感覺就會降臨。巨大的野太刀結束「蓄力」，即將開

始動作的瞬間。

——就是現在！

有紀在心中這麼大叫，同時以左腳踩踏地面。

在飛鳥帝國裡，是以名為「踏地之圓（Ground Circle）」的系統來發動劍技與靈術。在架著武器的狀態下用力踩踏地面，腳邊就會出現可以使用的技能／靈術的環狀圖示，第二步踏下其中之一的圖示來做選擇並且加以發動。

一開始都要先把視線移到地面，用眼睛確認之後才能踏到目標的圖示，最近終於可以不用看就直接做出選擇了。

「呀啊啊啊啊啊！」

有紀發出終於比較像樣的吼叫聲，右腳踩下圖示，同時全力跳了起來。發動對空系劍技「日向」，刀身開始發出橘色光輝。

「加加啊啊！」

惡路王迸發第二次的咆哮。但這個時候，有紀的對空技能已經猛烈擊中野太刀的中段部分。橘色閃光撕裂藍黑色特效光，令其煙消雲散。野太刀整個被彈回去，惡路王的身體跟著往後傾倒。

「姊姊、梅利達，就是現在！」

落下的有紀這麼大叫的瞬間，從後方飛來的白色短籤——蘭的「咒符」貼到了惡路王的額頭上。符紙發光後展開複雜的立體魔方陣，然後引起巨大的爆炸。

三道剪影以眼花撩亂的速度在發出呻吟並且腳步踉蹌的魔王怪物腳邊亂竄，用忍刀刻劃出無數的傷痕。是梅利達的分身攻擊技能。魔王的ＬＰ條被大量砍除，最後只剩下一點點。

這時惡路王從技能中斷的行動延遲中回復，有紀的待機時間也同時結束。她把刀擺在左腰並且再次踏步。一感覺到踏地之圓出現，就以右腳踏穿配置在正面的圖示。

「喝啊啊啊啊——！」

居合系劍技「墨薙」的長大攻擊範圍捕捉到魔王弱點的角並且將其斬飛。ＬＰ條終於歸零，惡路王的巨軀化為藍色火焰往四處爆散。

宣告長達二十分鐘以上的戰鬥終於結束的吹奏聲，與三人的歡呼重疊在一起。

到淨御原向ＮＰＣ報告完成任務，順利轉職為上級職業的「武士」與「巫女」後，離開建築物的有紀和蘭就眺望著裝備全部更新的彼此好一陣子。

和平常在寧靜花園穿的簡樸服裝完全不同，符合ＲＰＧ形象的華麗裝扮讓人又開心又害臊，互相竊笑了一陣子後，就從頭上降下熟悉的聲音。

「有紀、蘭，恭喜轉職成功！」

抬頭一看，發現坐在建築物屋簷上的梅利達正在揮手。輕輕跳下來並且在空中一迴轉，最後在兩人面前著地。

「兩個人都很努力呢。四天就到達上級職業真的很快喲！」

「都是靠梅利達每天幫忙我們好幾個小時。謝謝妳。」

看見微笑著如此回答的蘭，有紀也同樣說了聲「謝謝妳！」。結果梅利達露出靦腆的表情並搖了搖頭。

「沒有啦，是我邀妳們到飛鳥帝國來的，這點小忙不算什麼……應該說，我自己也玩得很開心。因為平常幾乎沒有跟人組隊。」

由於這四天裡已經增加了不少飛鳥帝國的知識，所以也知道梅利達的職業，也就是忍者在所有上級職業中據說是最適合獨行遊戲的職業。另外有紀也能想像得到她這麼選擇的理由。

和組隊認識的人登錄為朋友，甚至更進一步加入公會的話，就會增加談到遊戲之外個人情報的機會。話題談到現實世界的生活時，有紀、蘭還有梅利達將被迫做出痛苦的選擇。是要直接說出因為重病而住院，玩ＶＲ遊戲是安寧療養的一環，還是把事情矇混過去呢。表明的話其他人將會特別關照自己吧，但那就跟說謊一樣痛苦。

四天前，有紀希望自己能夠像梅利達一樣直接對人造成衝擊。但那不是件簡單的事情。梅利達本身一定也還在跟自己築起的心牆戰鬥當中。

有紀不知不覺間低下頭，蘭則是輕輕拍了拍她的背部。

「好了，小有，梅利達說要去慶祝轉職成功。」

「咦……啊……嗯！那我想到之前那家店去！」

「ＯＫ！那裡還有許多美味的食物喲！」

臉上露出燦爛笑容後，梅利達就率先往前走。

有紀點的是奶油餡蜜，蘭點了葛餅，梅利達則是抹茶百匯，三個人互相品嚐了一些其他人的甜點來試味道，吃完後啜了一口熱茶，然後三個人同時呼出一口氣。

「啊～真幸福……和菓子和綠茶真的是絕佳的組合……」

面對閉起眼睛這麼呢喃的蘭，有紀和梅利達也默默點頭同意。可麗餅適合咖啡、紅茶或者牛奶，但不像紅豆沙和綠茶一樣是最佳搭檔。

「提到最棒的組合，蘭和有紀真不愧是姊妹。戰鬥中的連攜可以說是天衣無縫，看起來實在不像ＶＲＭＭＯ新手。」

由於梅利達突然這麼說，有紀就和姊姊面面相覷，然後同時聳聳肩。

「我……我只是在前面揮動刀子，全是靠姊姊配合我的時機……」

有紀這樣的發言以及……

「我只是在後面使用法術而已，而且可以看見有紀的動作……」

蘭這樣的發言可以說是同時響起，在旁邊聽著的梅利達便噗哧一聲笑了出來。

「看吧，真的合作無間！嗯，厲害的不只這一點而已啦。妳們兩個人都可以不看腳邊就使用技能了吧？我可是花了一個月左右才能辦到喔。」

「那是因為……這款飛鳥帝國是我和小有第一次玩的VRMMO。梅利達之前就玩過別的遊戲了，要切換應該很費工夫吧？還是說VRMMO的戰鬥系統都一樣呢？」

蘭一這麼問，梅利達就先笑著點頭，然後再搖搖頭。

「啊～這的確有可能……因為戰鬥系統完全不一樣。」

瞄了一下周圍，確認甜點店內沒有其他玩家後，才小聲地繼續說道：

「Sword Art Online刀劍神域正如它的名字所顯示，裡面沒有魔法，只有使用武器的戰鬥，只要擺出姿勢就能發動劍技……『Sword Skill』，然後技能也跟飛鳥帝國不同，不是只有單發而已。」

「不是單發而已……？」

蘭無法想像這句話的意思而歪起頭來，梅利達就以右手握住百匯用的細長湯匙，迅速地往直向、直向然後橫向移動。

「嗯。也就是『連續技』。飛鳥帝國裡面，技能之外的普通攻擊是可以持續揮舞刀子，但

SAO的魄力完全不同。擺好武器發動劍技的話，身體會半自動地活動……以異常的速度把劍「啪啪啪！」地連續揮動三四次。飛鳥帝國的戰鬥是拿起刀子，然後腳踩來叫出圓圈，接著再次出腳踩下圖示，最後才終於能使出單發技能，我一開始時就覺得很緩慢……轉職為忍者可能有一半是因為身體輕盈可以到處移動吧。」

梅利達這麼說完就露出開朗的笑容，這時候有紀和蘭都無法開口詢問「那另一半的理由是什麼？」。只能跟梅利達一起笑著。

「啊哈哈，梅利達亂竄的速度確實很驚人，剛想說人在那邊，下一秒就出現在這裡了。」

對蘭的評論做出「這是忍者的基本功是也！」這樣的回答後，梅利達突然露出嚴肅的表情。像是回想起跟魔王的戰鬥般緩緩眨了眨眼睛，然後再次開口：

「……那個，我覺得真的很厲害的，是有紀和蘭的看破能力。尤其是今天的有紀……終局時，完美地看出惡路王使用範圍攻擊技能時的『初動』對吧？就連最頂尖的玩家，也沒什麼人可以連續十次以上破壞魔王的大技喔。在寧靜花園抓到皇家崔頓鍬形蟲果然不是偶然。」

聽見這出乎意料的發言，有紀只能茫然張開嘴巴。

至今為止，在這種場面獲得稱讚的都是姊姊。不論是考試分數、繪畫的水準、跑步的速度都是蘭占上風。這在虛擬世界也是一樣。如果梅利達的眼裡認為有紀比蘭厲害，那麼只能想到一個理由。就是姊姊使用的NERvGear和自己使用的Medicuboid二號機在性能上的差異。

「不……不是的，梅利達。」

有紀拚命搖著頭，並且開口表示：

「其實我使用的不是AmuSphere……」

但這時回過神來的有紀瞬間屏住呼吸。要到飛鳥帝國去時，倉橋醫生已經說過，千萬不能洩漏正在進行Medicuboid實驗的事實。

這時梅利達露出驚訝表情等待有紀說下去，結果果然還是蘭出手解救沒有說任何話只是一直保持沉默的有紀。

她以沉穩、溫柔的聲音開口說「那個……」。

「……梅利達。原諒我們至今為止一直瞞著妳。但正如剛才小有所說的，我們沒有使用AmuSphere。是醫院的醫師幫我們準備的修改版NERvGear。」

有紀也知道只能這麼說了。但這有一半是謊言。一號機的話也就算了，現在有紀使用的二號機，並不是能稱為NERvGear修改版的物品。

因為自己粗心的發言使姊姊得幫忙圓謊，這讓有紀感到強烈的懊悔。當她在大腿上緊握起拳頭，姊姊的指尖就溫柔地撫過。像是在表示「沒關係喔」一樣。

梅利達似乎沒有注意到姊妹在桌子底下的溝通。她瞪大了眼睛，幾乎不成聲地呢喃：

「NERv……Gear……」

眨了幾次眼睛後，才又用有點沙啞的聲音繼續說：

「修改的意思是，變安全了嗎……？」

「嗯……我是這麼聽說的。把電池的容量變小，並且裝進限制器，讓它無法發出危險的電磁波。我和有紀因為醫院的方針而積極地採用ＶＲ安寧治療，所以醫院就幫忙準備了這樣的設備。」

「這樣……啊……」

應該是終於從驚訝當中清醒過來了吧，梅利達點了兩三次頭後才說：

「……我首次使用AmuSphere時，確實也覺得反應比NERvGear慢了一些，感覺情報似乎也有雜質……但是光靠硬體性能是沒辦法像那樣戰鬥的。有紀和蘭還是很厲害喲。」

對方露出燦笑並且這麼說的話，姊妹兩個也很難繼續否認。

看著露出微妙表情保持沉默的姊妹，梅利達臉上就浮現更燦爛的笑容。

「總之恭喜妳們轉職成功！還有時間的話，我們到帝宮去拍照吧。上級裝備真的很適合妳們呢！」

「嗯，說得也是，我們走吧！」

由於穿著巫女裝的蘭迅速點點頭，有紀也終於能夠露出笑容。

這一天，在「天皇」居住的華麗宮殿入口拍攝紀念螢幕擷圖——雖然VR世界不存在「螢幕」這個概念——後就解散了。

有紀和蘭、梅利達之後也繼續開心地玩著飛鳥帝國。有時候會回到寧靜花園讓梅利達向她們展示鍬形蟲的成長程度，或者是一起到之前那間祕密的咖啡廳吃可麗餅。梅利達雖然出現兩次的暈眩症狀，但總是很開朗，臉上也一直掛著笑容。

充實的時間過得特別快，到了後天就是有紀與蘭十四歲生日的五月二十一日傍晚。

兩人接到了梅利達完全出乎意料的提案。

6

「還是那麼煞風景耶，至少牆壁與天花板也設定一下嘛。」

出現在有紀「房間」這個私人ＶＲ空間裡的蘭，環視著四周後以傻眼的口氣這麼表示。

以現狀來說，就只有有紀跟蘭兩個人可以到訪Medicuboid二號機的主記憶體所建構的房間。如果這個除了無機質的地板之外就沒有固定的物件，周圍的黑暗中隨便浮著幾個視窗的空間能夠稱為房間的話。

有一半的視窗是顯示Medicuboid的各種數值情報，剩下來的則是隨意顯示的電視與新聞網站。正面最大的視窗上映照出裝備在二號機上的相機所捕捉到的無塵室即時影像，變成從虛擬世界窺探現實世界的窗口。

穿著睡衣躺在堅硬地板上的有紀，抬頭往上看著同樣打扮的蘭並且回答：

「這樣就可以了！把這裡像寧靜花園的家那樣完全訂製的話，將會變得不清楚自己目前是在現實還是虛擬世界裡。」

用手掌在自己身邊空著的位置拍了兩下，有紀又繼續說「更重要的是……」。

「姊姊，妳好久沒有唱那個了。」

「好好好，小有真是愛撒嬌。」

把頭放在邊笑邊跪坐的蘭膝蓋上後閉上眼睛。有紀放鬆身體的力量，呢喃般的歌聲開始隨著柔軟的手撫摸頭部的感觸傳出。

那是鵝媽媽裡名為《Hush little baby》的搖籃曲。也是兩人的母親經常唱給她們聽的歌曲。雖然是購買鏡子、公羊、載貨馬車等各種奇妙的東西給小嬰兒的不可思議歌詞，但有紀就是中意這一點。

雖然虛擬角色的聲音和臉孔同樣是以現實世界的聲音為範本合成出來的結果，但是幾乎沒有不對勁的感覺。平穩的歌聲像細浪一樣擴展開來，盈滿沒有牆壁與天花板的空間。

So hush little baby, don't you cry.

Daddy loves you and so do I.

Daddy loves you and so do I.

反覆唱完搖籃曲最後一節的蘭，就這樣繼續摸著有紀的頭好一陣子。

由於時間已經超過晚上十點，有紀開始迷迷糊糊地打起瞌睡，這時蘭就用指尖彈了一下她的額頭。

「喂，小有，不能睡著喲。還沒討論重要的事。」

「嗚喵……啊，對喔……」

努力抬起沉重的眼瞼，接著嘿咻一聲抬起上半身。和姊姊相對而坐，雙手環抱胸前並發出沉吟聲。

「嗯…………——怎麼辦呢，姊姊？」

平常總是能立刻做出決定的蘭，這次也沒辦法立刻回答。

傍晚時梅利達突然開口說出了一個提案。內容是兩天後的二十三日，為了慶祝有紀和蘭的生日所以想來探病。當然不是在虛擬世界，而是現實世界的橫濱港北綜合醫院。

梅利達住的醫院是位於東京的品川區，開車的話應該不用一個小時。她的家人當然會一起來，所以梅利達這邊沒有太大的問題才對。

但是有紀和蘭沒辦法立刻回答「很歡迎妳來」。因為就算她專程過來了，只要有Medicuboid的保祕義務，有紀就不能跟梅利達見面，也沒辦法跟她說明無法見面的理由。

就算不能直接見面，梅利達能夠到醫院來還是覺得很開心。即使只有蘭可以跟她見面，光是之後聽她說兩人見面時的事情，有紀就不知道會產生多麼幸福的心情了。

但是，如果只說一句「有紀沒辦法跟妳見面」無法讓梅利達接受呢……？要是因為這樣而失去好不容易才交到的朋友呢……？

「…………相信梅利達吧。」

蘭打破漫長的沉默這麼說道。

「姊姊……但是……」

「梅利達的話，一定能夠理解是有原因有紀才會想見也無法跟她見面。我想她絕對不會因為這樣就生氣。而且……請梅利達把AmuSphere帶過來，從我的病房一起潛行的話，就能夠到這個房間來了吧？」

「咦，要……要找她來這裡嗎？」

有紀忍不住大叫之後，蘭就以惡作劇的表情點點頭。

「在小有的房間辦生日會的話，梅利達一定會很高興喔。」

「嗯……嗯……稍微改造得像女孩子的房間一點吧……」

有紀環視充斥虛擬感的黑暗空間並這麼呢喃，蘭在拍了一下她的肩膀後就站起來。

「那就得快一點才行。因為就是後天了——話先說在前面，我可不會幫忙喔。」

「咦咦～～……」

「小有隨自己高興來改造就可以了，這樣梅利達一定也會感到高興。那麼，我差不多要回去了。我會傳訊息給梅利達說很歡迎她來喔。」

「……嗯！」

有紀也站起來用力點點頭。與其因為害怕傷害他人與受傷而後退，倒不如全力一搏。這是梅利達自己教會有紀的事情。

蘭揮手道聲晚安後就離開房間，有紀便再次環視自己的虛擬房間。要舉行生日會的話，至少需要桌椅吧。在那之前，當然也得有牆壁跟天花板。

雖然只有一天就會重置，但這是為了重要的朋友而改變擺設，就全心全力地改造吧。如此下定決心的有紀就面向一直沒有收起來的設定視窗。

五月二十三日，星期四下午兩點。

梅利達搭乘母親駕駛的車子來到橫濱港北綜合醫院。

腿部受到腦腫瘤影響而麻痺的梅利達雖然坐著輪椅，還是讓母親在醫院的咖啡廳等待，自己移動到蘭在醫院八樓的個人病房裡。帶過來的托特包裡，裝著兩份生日禮物與AmuSphere，兩個人原本預定要從蘭的床上潛行到有紀的私人ＶＲ房間去。

但是——

有紀和蘭都沒注意到梅利達一直隱藏在心底深處的計畫。

在潛行前上完廁所，回到個室的蘭見到的是放在床上的親筆信，以及旁邊已經開始潛行的梅利達。因為抗癌劑的副作用而失去秀髮的頭部，戴的不是她帶來的AmuSphere，而是蘭的NERvGear。

從「蘭、有紀，真的很抱歉」起頭的信，寫著梅利達真正的心情，以及NERvGear的插槽裡插入了「Sword Art Online刀劍神域」遊戲卡的事實。

「咦…………！」

從獨自出現在改造成可愛VR房間裡的蘭口中聽見事情經過之後，有紀花了幾秒鐘才能理解整個狀況。

梅利達沒有使用帶來的AmuSphere，而是戴上了NERvGear。理由是——AmuSphere無法驅動「SAO」的關係吧。也就是說梅利達的潛行並非一時衝動，而是從一開始就打算這麼做才會把SAO的遊戲卡帶過來。她主動衝進了虛擬世界的死亡就等於真正失去生命的死亡遊戲。

蘭的NERvGear是經過縮小電池容量，以及追加限制器等安全對策的修改版。但是通常NERvGear是使用電源線。玩家在SAO內部HP歸零時，破壞著裝者腦部的電力是來自於牆壁上的插座。當然也不能利用梅利達來實驗限制器能不能確實發揮功用。

「姊……姊姊！快點把梅利達的NERvGear脫下來！」

感覺虛擬室溫急速下降的有紀這麼大叫，而使用梅利達的AmuSphere潛行至此的蘭則是迅速搖了搖頭。

「不行……考慮到萬一的情況，還是不能從外部強行把它脫下來。」

「為什麼？姊姊的NERvGear已經把電池容量改小了吧，拔掉電源線再脫掉的話，應該無法發出危險的電磁波才對……」

「梅利達的腦有腫瘤喔。只要有一瞬間暴露在規格外的電磁波底下，就不知道會發生什麼事情。不能光靠我們的判斷就強制解除。」

「那麼得快點去通知醫生……！」

對於連這種時候都相當冷靜的姊姊產生抗拒，有紀擠出所有的聲音來這麼大叫。

但是蘭這次也沒有同意。反而像是要有紀冷靜下來般，把雙手放到她肩膀上並且呢喃：

「我也認為應該這麼做。但是在這之前，先給我一點時間吧，五分……不對，三分鐘就夠了。」

「三分鐘……要做什麼？」

有紀如此反問，蘭則持續回望著她的眼睛並且回答：

「現在的話應該還來得及。和我一起來吧，有紀。」

把同時是應用程式啟動裝置的門叫到ＶＲ房間裡之後，和蘭一起鑽過門的有紀因為降下的明亮光線而瞇起眼睛。

寧靜花園東部的洛伊提村。ＮＰＣ小樂團演奏著閑靜的ＢＧＭ，坐在中央廣場板凳上的玩家們正融洽地談笑當中，這時變身成藍色洋裝模樣的蘭就猛然衝過廣場。有紀也急忙跟在她的

身後。

有紀完全搞不懂姊姊究竟要去哪裡，說起來根本不知道為什麼要到寧靜花園來。梅利達早就已經到作為Sword Art Online刀劍神域舞台的浮遊城艾恩葛朗特去了才對吧？無論怎麼想，寧靜花園都不存在通往ＳＡＯ的大門。

但是蘭卻持續以感覺不到絲毫疑惑的腳步奔跑，鑽過村門之後來到綠色山丘峰峰相連的提爾山丘。在鋪設磚瓦的小路跑了一陣子，最後離開道路往左邊前進，一直線衝過綠色草原。越過幾座山丘，前方出現閃爍藍色光芒的小小水面時，有紀才終於察覺姊姊前往這個地方的理由。

直徑二十公尺左右的池塘周圍被短椿圍住，水邊還長了一棵樹。

這裡是有紀抓到皇家崔頓鍬形蟲的地點。

同時也是初次遇見梅利達的地點。

有紀瞪大到極限的雙眼捕捉到蹲在樹根旁的嬌小人影。綠色馬尾隨風搖擺並且發出亮光。拚命追過姊姊，跑在池畔的有紀大聲呼喚名字的同時，人影也剛好站了起來。

「──梅利達！」

轉過頭來的朋友露出驚訝的神情，接著又哭又笑地癱了下去。呼喚有紀她們兩個人名字的聲音，比之前聽到的任何聲音都要脆弱。

「…………有紀……蘭。」

有紀慢慢放慢速度，在距離梅利達稍遠處停下腳步。蘭也立刻來到她身邊。

打算要到ＳＡＯ去而戴上NERvGear的梅利達，為什麼會潛行到寧靜花園呢？理由就存在梅利達的腳邊。

打開出入口蓋子的捕蟲箱，以及依然停在上面的琉璃色鍬形蟲。培養到比初次見面時整整大了一圈的鍬形蟲，像在對飼主提問般緩緩動著觸角。

隨著有紀的視線往下看向鍬形蟲的梅利達，依然以忍住淚水的小孩子般的笑容說：

「…………羅伊無論如何就是不肯飛走。其實原本是想還給有紀，但是決定飼主的昆蟲就沒辦法讓渡給他人……於是就想在這邊把牠放走的話，哪一天可能還會被有紀抓到…………」

梅利達以沙啞聲音如此宣告，有紀注意到她眼裡噙著大粒淚珠時，胸口也湧起一道熱氣。身邊的蘭也同樣用忍住淚水般的聲音回答：

「羅伊怎麼可能逃走。梅利達每天都那麼細心地照顧牠。牠一定會在大會獲得優勝。所以……和羅伊一起回來吧，梅利達。現在的話還只有我和有紀知道。」

一聽到這裡，有紀終於了解姊姊不把狀況通知倉橋醫生的理由。

就算在倉橋的判斷下把NERvGear從梅利達頭上取下，身為醫師的他還是得把發生的事情告訴梅利達的家長。如此一來，梅利達恐怕就會被禁止接受使用AmuSphere的ＶＲ安寧療養，再也

無法潛行到寧靜花園與飛鳥帝國裡了。為了迴避這樣的事態，蘭才會賭上能在這個地點說服梅利達的可能性。

深吸了一口氣後，有紀也以灌注了所有感情的口氣對好友說道：

「……拜託了梅利達，不要到ＳＡＯ去。我還想繼續跟梅利達一起冒險。想跟妳到各種地方，欣賞各種事物。所以……所以……！」

但是梅利達卻緩緩伏下眼睛，像是擠出每一個字般說：

「……抱歉了，有紀。抱歉了，蘭。難得的生日卻給妳們添麻煩……真的很對不起。我沒資格要妳們原諒我。但是……我……我無論如何都…………」

上衣底下的肩膀開始蓄力並且微微震動。如同單薄玻璃般脆弱、緊繃的聲音持續在午後的草原流動。

「……我在前陣子的新聞裡看到了。警察訂立計畫要強制取下全國ＳＡＯ事件受害者的NERvGear。但我不認為這樣魯莽的計畫能夠成功。絕對會出現許多犧牲者的……」

姊姊是在十幾天前拿這樣的新聞給自己看，地點是在這附近的山丘。就跟現在的梅利達一樣，蘭也說出同樣的擔心。

「……之前說過，我在封測時期加入的公會，有好幾名成員現在就在ＳＡＯ裡面對吧。正式營運開始時，我原本也應該要參加的。但是因為發現生病了，所以只有我獲救……但這件事一直、一直讓我很痛苦。如果……如果現在也能到艾恩葛朗特去的話，我就可以把剩餘的生命奉獻給大家了。如此一來……或許就能留下我生存的意義…………」

「…………梅利達……」

有紀邊叫對方的名字邊往前一步。但是梅利達卻猛烈地搖頭並且往後退。飛濺出來的淚水反射陽光發出金色光芒。

「……拜託了，有紀、蘭。讓我到艾恩葛朗特去吧。這間醫院也有SAO的受害者入住，可以通過IP位置的防火牆。雖然會讓父母親傷心，但我想他們能夠理解。我……我無論如何都想找到自己誕生在這個世界的意義……！」

深切的獨白橫越過草原融化在微風中，最後在虛擬的大氣中擴散開來。

初次相遇的那一天，梅利達也說過同樣的話。而有紀這次也找不到該對她說些什麼。想找到自己活著的意義——因為這也是祕藏在有紀自己心裡的願望。

這時蘭默默來到呆立現場的有紀身邊。

她輕輕蹲下，從捕蟲箱上撈起羅伊。以右手指尖靜靜撫摸乖乖待在掌中的鍬形蟲那光豔的翅鞘，同時以平穩的聲音開始說道：

「不論是在這個寧靜花園還是飛鳥帝國，甚至是現實世界，都有許多梅利達活著的意義喔。除了把羅伊培育到如此雄壯之外，帶我跟有紀到新世界也是妳的功勞。今後一定也會找到

很多生命的意義。」

「…………」

梅利達以盈著大量淚水的雙眼持續凝視著蘭，以及她手掌上的鍬形蟲。

最後稍微年長一些的少女嘴角浮現淡淡的微笑——然後開口說：

「……如果我有為妳們兩個人帶來些什麼，我會覺得很高興。但是……我真正想要的，不論是這裡、飛鳥帝國還是現實世界一定都找不到。我……想要戰鬥。不是靜靜在醫院的病床上等待結束……想用這雙手和比病魔更巨大……像是命運或者世界這樣的對手戰鬥，把自己的生命燃燒殆盡然後才死亡。所以……拜託了，蘭。讓我走吧。」

「…………梅利達…………」

聽見姊姊呢喃般聲音的瞬間，有紀就了解了。

蘭……藍子她擁有遠超過有紀的「共鳴之力」。那是能夠陪伴、理解他人的痛苦與悲傷，並且加以接受的力量——

因此蘭甚至能夠對梅利達現在的心情產生共鳴。忍不住會有讓她完成心願的想法。

但是。

——但是。

這時候讓梅利達離開的話，蘭之後一定會很痛苦吧。會對自己的發言與選擇感到懊悔，然後持續背負著無法補償的罪過。

所以現在有紀一定得開口。不能像平常那樣把一切都交給姊姊，要用自己的發言與意志來讓梅利達打消主意。

有紀用力握緊雙手，像要讓身體中心產生震動一樣大叫：

「…………梅利達！」

有紀直盯著因為突然的巨大聲音而驚訝地眨了眨的翡翠色雙眼，再次大叫：

「那就讓我來幫妳找吧！我會幫梅利達找到能夠燃燒生命的東西！所以……所以，不要走啊，梅利達！」

聽見這句話的梅利達再次眨眨眼，然後浮現淡淡的微笑。

「…………妳要怎麼幫我找呢，有紀？」

面對這沉靜的提問，有紀也不清楚自己為什麼會那樣回答。但是接下來這句話也決定了有紀自己的命運。

「在飛鳥帝國和我戰鬥吧，梅利達。如此一來，我想妳一定就能理解了。」

7

把放著羅伊的捕蟲箱收回道具欄，從寧靜花園登出的梅利達，不一定會按照有紀的希望不選擇Sword Art Online刀劍神域，而是登入飛鳥帝國。

但是有紀卻在首都淨御原約好見面的地點，也就是聳立在郊外的巨大杉樹底下相信梅利達一定會來而持續等待著。

周圍一望無際的草原讓人聯想到剛剛還待在那裡的提爾山丘。但是稍遠處有一大片寧靜花園不存在的芒草，此刻正隨著冷風搖擺。

經過幾分鐘之後，耳朵聽見熟悉的「咻噠噠噠」腳步聲，有紀便回過頭去。

忍者雖然身穿熟悉的鮮綠色裝束，但是跟平常碰面時不一樣，一開始就蒙住了大半臉部。忍者放慢速度，在距離有紀和蘭五公尺左右的地方停下腳步，然後默默地看向這邊。

「……………梅利達……」

有紀原本想說「謝謝妳過來」，但是卻無法說出口。從梅利達全身散發出來的那股提昇到極點的銳利氣息，正形成無形的壓力朝有紀襲來。

有紀仍沒有所謂「對人戰」的經驗。她當然知道有這樣的系統存在，也曾經在城鎮上觀看公會成員之間類似運動競技般的對戰，但是她對認真和真人化身的玩家對戰這樣的行為有強烈的排斥感。

但這次的單挑是有紀自己所期望。

梅利達希望獲得足以燃燒生命的目標而想前往ＳＡＯ。那應該是某種雖然在虛擬世界卻不是虛構的東西吧。存在於即使身患重病，也能跟其他玩家一樣活動的虛擬世界的真實。變成死亡遊戲的ＳＡＯ裡，許多玩家在生與死的狹縫中戰鬥。有紀也稍微可以了解前封測玩家的梅利達即使主動變成死亡遊戲的囚犯，也要為了過去的同伴……或者所有生存者而戰鬥的心願。

但是同時也強烈地感覺那是一種錯誤。要說命運的話，因為發現生病而沒有被囚禁在ＳＡＯ裡才是梅利達的命運吧。

在這邊的世界一定還有可以做也應該做的事情才對。雖然不清楚是什麼事，但絕對有。為了傳達這個想法，有紀選擇的不是言語而是戰鬥。

花了一些時間把累積在肺部的空氣全部吐出，然後把虛擬世界的冷風吸滿肺部，接著有紀就揮動右手叫出選單視窗。

觸碰至今為止從未摸過的「決鬥」按鍵。由於會出現挑戰可能範圍的玩家總覽，就從那裡選擇梅利達並按下ＯＫ鍵。

至今為止都默默望著有紀的梅利達把視線朝下。抬起右手來觸碰只有她看得見的視窗。有紀的視窗內出現「對方接受決鬥請求」的訊息。

兩人的中間地點開始三十秒的倒數。有紀以流汗的右手拔出左腰的刀子。分類是「打刀」，專有名稱是「墨流」。刀身浮現黑色大馬士革鋼的紋路，雖然不是太稀有，不過是很容易使用的刀子。

遲了一會兒，梅利達也拔出愛刀。分類是「忍刀」，專有名稱是「朱月」。它是擁有深紅色直線刀身的稀有武器，雖然比有紀的刀小了一倍以上，但整體性能占了上風。

被忍刀銳利的刀尖對準的瞬間，有紀感覺胸口深處整個揪緊。

不可能躲開梅利達這個敏捷忍者的所有攻擊。那把武器馬上就要刺入、撕裂有紀的身體了。而有紀也必須用自己的刀來攻擊重要的朋友。因為是虛擬世界所以感覺不到疼痛，只會減少數值化的虛擬生命，但這依然是真正的「戰鬥」。

真的能辦得到嗎？首次的對人戰鬥就面對梅利達，自己真的能好好地作戰嗎？

明明是主動要求的單挑，心情卻不斷地萎縮。呼吸開始急促，視界也跟著變得狹窄。

「……嗚……」

當有紀不由得開始發抖並且慢慢想要後退時，她的背部——

就被應該在幾公尺外注視兩人決鬥的蘭發出的聲音推了回去。

——不要緊的。

——小有只要認真挑戰。妳的心意一定能傳達給對方。

「………姊姊……」

當口中這麼呢喃的瞬間，有紀就不再發抖了。

這場單挑，挑戰者如果不是有紀而是蘭的話，勝算應該比較高吧。身為巫女的蘭能準確地驅使各式各樣的咒符，甚至還能以打擊武器「大幣」進行近距離戰鬥，其戰鬥力明顯高於有紀。角色的等級方面梅利達當然還是比蘭還要高出許多，但是飛鳥帝國裡面，就算等級上升，能力的數值也不會增加太多。

但這時候要是跟平常一樣倚賴姊姊，就算決鬥獲勝了，有紀的心意也一定無法傳達給梅利達知道。

沒錯——要把有紀心中所有的感情與意志全部傳達給對方。

有紀一直凝視著剩下五秒鐘的倒數數字一邊發出強烈的光芒，一邊變成四、三、二、一逐漸減少。

數字零變成光環擴散並且消失的瞬間——

「咿……呀啊啊啊啊啊！」

有紀把所有的勇氣變成叫聲喊出來，同時朝地面踢去。

武士的動作雖然不如忍者靈敏，但是唯有斬擊時的突進力占上風。一步飛越五公尺的距離，擺在上段的刀子朝著直立不動的梅利達揮落。

但是——

近距離看見蒙面底下那跟寧靜花園一樣是綠色的眼睛，雙手瞬間受到下意識的僵硬所襲擊。墨色刀身微微震動，使得軌道往右偏移。面對怪物的話，這種程度的失誤根本算不了什麼，但是熟練的玩家梅利達不可能錯過這個機會。

空氣發出「咻」一聲，梅利達以瞬間移動般的速度往左邊迴避。有紀的斬擊只能徒然撕裂虛空，灑下淡淡的特效光。

下一刻，左肩就受到強烈的衝擊襲擊。有紀輕鬆被轟飛然後滾落地面。視界邊緣捕捉到ＬＰ條減少一成左右，有紀順勢持續在地上滾動，拉開距離後才站起身。

再次架起劍的有紀看見的不是右手的忍刀，而是伸出左手手掌的梅利達。

忍者雖然有體術技能，但是體認到對方空手，而且還是透過保護肩膀的袖鎧依然一擊就能削除自己一成左右的生命值後，有紀不由得屏住呼吸。

雖然早就知道——但真的很強。

不對，只是自己覺得了解而已。至今為止的遊戲經驗裡，梅利達總是專注於輔佐有紀與

蘭。自己極力不給怪物傷害，讓兩個人能夠分配到最大限度的經驗值。

梅利達只是展露一丁點的實力。光是這樣就無法再次發動攻擊，只能整個人僵住的有紀，耳朵聽見沉靜的聲音。

「……我一開始時也是這樣。」

蒙面底下的嘴角浮現出淡淡笑容。

「在SAO裡首次和玩家單挑時，我的手臂縮成一團而且攻擊完全打不中。這和攻擊螢幕裡面的角色不一樣。即使腦袋理解不是活生生的人類，只不過是虛擬角色，但身體還是跟不上腳步……經過整整兩個星期，我才比較能跟人單挑。」

「……後來為什麼可以戰鬥了呢？」

有紀忍不住向身為對戰對手的忍者這麼問道。結果梅利達像要窺探記憶般抬頭看著布滿雲朵的天空並且呢喃：

「……和跟我同樣使用單手劍的人對戰時，對方這麼跟我說了。他說單挑不只是互相殘殺，也有可以藉由劍與劍的碰撞傳達給對方的事物。還說那跟既存的網路遊戲、VRMMO，甚至是現實世界的運動競賽都一樣……所以剛才有紀跟我說『戰鬥吧』的時候，我真的有點嚇一跳。」

沒錯──有紀確實有事情想傳達給梅利達。那是雖然無法順利化為言詞，但是在心底深處捲動著的火熱心情。認為藉由劍與劍的對談，說不定可以把心情傳達出去，所以才會對梅利達提出單挑的申請。

打從一開始就縮著手臂的話，將無法傳達任何心意。必須克服恐懼與猶豫勇往直前。前進、前進，不斷前進……直到靠近梅利達的心為止。

「……必須猛力衝撞才能傳達出去對吧。」

像是聽見有紀對自己發出的呢喃聲一樣，梅利達也點點頭。靈活地將右手的忍刀換成反手握住，接著斜斜擺在身體前方。相對地有紀則再次把刀舉到上段。

這次換梅利達率先發難。

身體整個前傾，化身為鮮綠色強風從正面衝過來。這次應該不會手下留情了。必須想辦法防禦或者迴避忍刀使出的超高速斬擊並展開反擊。就在要凝視微微反射陽光的紅色刀身時。

——不是刀子，必須注意梅利達全身喔，小有！

感覺從後面傳來這樣的聲音。瞬間，有紀瞪大眼睛拓展變得狹窄的視野。

梅利達的右手在前面架著忍刀。左手被刀子的陰影遮住而看不清楚，但握住的拳頭裡有某種物體發出亮光。

——刀子是障眼法。初擊是左手的……手裏劍！

梅利達的左手變得模糊的剎那，有紀就朝一瞬間看見的反射光揮落雙手握住的刀子。

「鏗！」一聲，尖銳的金屬聲響起，白色火花四處飛濺。被有紀刀子彈開的十字手裏劍，一邊旋轉一邊彈回梅利達身邊。是武士的固有技能「回擊」的效果。

「嗚……！」

忍者簡短地呼出一口氣，同時以右手的忍刀再次彈開手裏劍。意識不再注意往右斜上方消失的反射光，有紀朝向失去平衡的梅利達全力跨出一大步。

距離完全沒問題。也不再猶豫了。

不是因為想獲勝，也不是因為憎恨或者想殺害對方而出刀。這是經由梅利達鍛鍊過的技能……因為想傳達存在於技能之後的意義，所以才揮劍。

「嗚……呀啊啊啊！」

邊叫邊翻轉手腕從下段往上砍。黑色刀刃陷入即使從不安定的姿勢也想往後跳來拉開距離的梅利達懷裡。

沉重的手感隨著「嚓咻！」的效果音貫穿手部。深紅色光芒從有紀高高揮盡的刀身上朝天空的高處延伸。顯示在梅利達頭上的ＬＰ條減少了一成五左右。

如果是對怪物戰的準則，這時候應該叫出踏地之圓來發動劍技，給予僵硬中的敵人莫大的傷害。但光是被轟中一擊，應該無法讓梅利達露出那麼大的破綻。追擊應該要用普通攻擊——但是要用上自己的全力。

有紀第三次把愛刀舉到大上段。

另一方面，梅利達則是利用承受上砍攻擊的力道準備使出後空翻。

為了不錯過落地那一瞬間產生的轉瞬空檔，有紀奮力往地面踢去。

「喝啊啊啊————！」

從腹部深處迸發吼叫聲的有紀，就快要使出渾身的一擊之前……

空氣發出「噹！」一聲。

在空中縮起身體的梅利達筆直地往下看著有紀，雙腳同時踢向空無一物的虛空。這是忍者的固有技能「兩段跳躍」。

「霎啊啊！」

這場戰鬥中首次放射氣勢的梅利達朝著有紀衝去。右手的忍刀變成朱紅色閃光，迫近有紀的喉嚨。

斬擊的速度本身是忍者梅利達比較快，但是先發招的是有紀。以現狀來說，雙方的時機是不分軒輊。但這時候要是輸給恐懼感而動作稍有停頓，就會遭受反擊的猛烈痛擊。

有紀想傳達給梅利達的心意。

也就是我會變得更強給妳看。

封閉的死亡遊戲ＳＡＯ外側，世界是無限的寬廣。不論是虛擬世界還是現實世界，還有許

多的邂逅、發現與故事在等著妳。

——我會帶著妳到任何地方。

——我會幫梅利達發現新的命運。

——所以……………！

「………………——啊啊啊啊啊啊啊啊——————！」

一片白光呈放射狀在有紀的視界裡散開。光輝的粒子像小星星一樣從虛擬角色全身散開。

被刀刃壓縮的空阻增強到極限，突破空阻般的感覺降臨——

在完全的寂靜當中，有紀的刀刃變成一道閃光往下揮落。

遲了一會兒，梅利達的忍刀撫摸過脖子左側並且穿透到後方。

維持刀子揮落姿勢的有紀一動也不動。整個世界的聲音恢復之後，從脖子的傷口「咻啪」一聲噴出深紅色傷害特效光，ＬＰ條又減少了兩成以上。

踩著踉蹌腳步回過頭，梅利達依然維持揮盡忍刀的姿勢僵在那裡。

突然間，穿著忍者裝束的左肩到背部無聲地裂開，接著從該處迸發出大量紅色特效光。梅利達原本剩下八成五的ＬＰ條開始急遽減少，在稍微低於五成的情況下停了下來。

宣告單挑結束的視窗忽然隨著「咚咚！」的太鼓聲出現，有紀驚訝地發出「咦」一聲。雖然眨了好幾次瞪大的雙眼，但視窗上確實大大地寫著「勝利者：有紀」。

「為……為什麼……還沒……」

當有紀慌了手腳時，緩緩撐起身體轉過頭的梅利達就把忍刀收回腰間的刀鞘一邊笑著說：

「飛鳥帝國的單挑，除了戰鬥到死為止的『生死鬥』模式外，還有LP減半就結束的『比試』模式。接受挑戰的我選擇了比試模式，所以這場單挑完全是有紀的勝利……恭喜了，妳真的很強。嚇了我一跳。」

「……那……那個……」

認為接下來苦戰才要開始的有紀卻面臨突然的結束，只能夠茫然呆立在現場。

似乎在單挑中獲勝了。但不知道是不是已經把自己的心意傳達給梅利達知道。梅利達站在那裡露出平穩微笑的模樣，似乎立刻就要融化在日照當中一樣脆弱，有紀甚至忘記把刀子收起來，不顧一切就開口說：

「……如果真的是我比較強的話，也全都是託梅利達的福喔。因為梅利達教會了我許多東西，我才能夠變強。我說了要幫梅利達找到能夠燃燒生命的事物吧。雖然還不知道那是什麼……但是我可以保證。我會變得更強，會帶妳到任何地方……不論什麼地方都沒問題……」

雖然好不容易把戰鬥中感覺到的事情化為言詞說出口，但聲音到這裡就中斷了。面對吸了好幾口氣後，依然想開口繼續說話的有紀——

梅利達拉下蒙面並露出燦爛的笑容。那種笑容跟初次在寧靜花園遇見她時所看到的完全一模一樣。

「傳達給我了喲，有紀。」

「咦……………」

「有紀的心情透過武器確實傳達給我了。不只是對我的心意……其他還有許多、許多的事情都傳達給我了。嗯……我的腦筋不是太好，所以不知道該怎麼說就是了。有紀的強大……不對，是某種更大的，那個……」

這次換成梅利達在思考該怎麼形容而吞吞吐吐起來。

「……可能性。」

這道沉靜的聲音，讓梅利達與有紀同時移動視線。

聲音的主人是站在高大杉樹底下注視著兩人決鬥的蘭。露出平常那種溫柔微笑的巫女，以滑行般的步伐靠近兩個人並且再次說道：

「是可能性對吧，梅利達？」

「對，就是那個！」

梅利達啪嘰一聲打了一下響指，同時不停點頭。

「有紀的內心塞滿了各式各樣的東西。單挑時的強大實力只不過是其中一部分……有紀今後將會變得更強、更大。有一天，各個世界的人都會知道妳的名字。」

「………怎麼可能……像我這樣的……」

雖然含糊其辭，但有紀還是一直凝視著梅利達的臉。

上面已經沒有鑽牛角尖的表情。但是感覺透明的虛無感仍未完全消失。

梅利達取消到ＳＡＯ去的主意了嗎，或者還是沒有改變決心呢？當有紀打定主意準備開口詢問的時候。

站在右側的蘭就把手放到她的肩膀上，同時說出意想不到的發言。

「梅利達、有紀。我從之前就有一個想法了。」

「……什麼想法呢，蘭？」

「我想由我們三個人來創一個公會。然後一點一點地增加伙伴……朋友，然後我想把這個小圈子逐漸擴大。」

這麼說完後，蘭就以左手握住有紀的右手。接著對站在稍遠處的梅利達筆直地伸出右手。

下意識當中，有紀也對梅利達伸出左手。

往下看著兩隻手的梅利達，以有些猶豫的表情回答：

「但是，蘭……我們……」

沒錯。這也是有紀感到在意的地方。

在VR安寧病房相遇的三個人，具備跟重病戰鬥的共通點。假如在飛鳥帝國組成公會，並且有新成員願意加入，也不可能永遠把生病的事情瞞著他們吧。哪一天需要向他們說明的日子一定會來臨。或者在那之前——強制離別的時刻就到來了。

跟公會成員越熟，到時候雙方將會越痛苦才對。甚至很可能會造成公會分崩離析的情形。蘭應該也了解這一點。

「…………雖然會想哪一天、哪一天能夠戰勝病魔，把這個圈子不斷擴展下去…………」

先以呢喃般的口氣說到這裡，蘭接著又用堅定的聲音繼續表示：

「一開始想先邀請跟我們有同樣境遇的人。我想寧靜花園裡一定還有許多像我們一樣，想要看看外面的世界，想到更遠處看看的人存在。邀請這樣的人加入公會，大家一起到虛擬世界的盡頭去看看吧。就像梅利達拉住我和有紀的手那樣。」

蘭在伸出去的右手依然沒有任何搖動的情況下把話說完。

梅利達像是略感驚訝般瞪大雙眼，然後默默地凝視著蘭。

風兒吹動，巨大杉樹的無數葉子沙沙作響……草原上已經看不出單挑過的痕跡。碎片雲靜靜流過顏色與寧靜花園有些不同的藍天。蒼穹高空有一隻老鷹翩然飛舞。

飛鳥帝國的世界地圖，目前是以近畿地方為中心，東邊到富士山，西邊到關門海峽——當然遊戲內的名稱不同——作為盡頭。但聽說接下來的改版將追加關東地方與九州地方。這個世界將會不斷擴大，另外像ALfheim Online等ＶＲＭＭＯ遊戲也會不斷增加吧。

——一定、一定能找到的，梅利達。

——應該去的地方。應該見的人。以及足以燃燒生命的命運。

有紀把左手伸到極限，然後在心中拚命對梅利達搭話。

最後——

梅利達翡翠色的眼睛像水面一樣開始晃動。清澈的光芒變成水滴，潺潺從臉頰流下。

只有這部分跟寧靜花園的顏色完全相同的眼淚無聲流著，梅利達同時以沙啞的聲音回答：

「…………真是傷腦筋…………聽見這些話之後…………就沒辦法丟下妳們兩個人不管了啊…………」

穿著足袋的腳當場緊踩地面數次，最後像下定決心一樣往前走。

一步、兩步、三步……以緩慢但是決然的腳步來到兩人面前的梅利達，舉起雙手後非常用力地握住蘭的右手與有紀的左手。

「……真的是很小的圈圈。」

梅利達以笑中帶淚的表情這麼說道，有紀則是用盡全身的力量來回握她的手。

「但是跟只有我和姊姊圍起來的圈圈相比，已經大了許多喔。」

臉上浮現笑容的同時，有紀雙眼也溢出淚水。即使想擦拭也因為雙手被握住而無法如願，

當她就像個孩子一樣簌簌流著眼淚時，呈現七彩且扭曲的視界裡，還是能看出梅利達臉上露出更加燦爛的笑容。

「啊哈……有紀，妳的臉太誇張了。哭成這樣的話，現實世界也會流眼淚喔。」

「沒關係啦。因為我真的很高興啊。」

原本拚命想靠著眨眼睛來甩開淚水，結果蘭一瞬間放開有紀的手，以巫女服的袖子幫忙擦了她的臉。

「明明那麼強了，怎麼還是個愛哭鬼呢，小有。」

這麼說道的姊姊臉頰上也有兩行閃亮的液體。再次握住蘭的手後，有紀就抬頭看向天空。

剛才的老鷹已經不知道飛到哪裡去了，至於天空還是那麼美麗。她覺得這是一片連結了寧靜花園與現實世界的天空。

走吧。讓我們牽著手一起到天涯海角。為了將要到訪的世界以及將要邂逅的人們。

有紀感覺自從小學五年級被迫轉學之後，就一直關上的心門已經一點一點打開了。

不知道自己還剩下多少時間。但是，如果生命比別人短的話，只要比別人跑得更快、更大步就可以了。雖然現實世界裡只能躺在床上，但虛擬世界是無限寬廣。

「……差不多該回去了。」

這麼說的是梅利達。像是要趕走有紀和蘭的不安一般，最後又用力握了一下她們的手才放開。

「因為我跟媽媽說三點要回咖啡廳…………有紀、蘭，難得的生日卻被我做出這種事情搞砸了，真的很抱歉。」

梅利達正準備深深低下頭來時，蘭已經緊緊按住她的肩膀。

「不用道歉喔，梅利達。這是個非常、非常棒的生日。因為梅利達到這裡來跟我們見面了。」

聽見這句話的瞬間，有紀就大叫：

「我也……我也很開心！所以……所以梅利達，在外面的世界跟我碰面吧！」

對以驚訝表情回過頭的蘭點點頭後，有紀就繼續說道：

「那個，我因為一些原因必須住在無塵室。所以可以從隔壁的觀察室透過玻璃見面……雖然不能握手，但是我想跟梅利達見面。」

因為對於Medicuboid有保密義務，就算是隔著玻璃，也不知道倉橋醫師會不會允許會面。但是有預感倉橋醫生應該會同意。因為怎麼說今天都是她十四歲的生日。

「…………嗯！回到現實世界後就立刻去見妳喔，有紀。」

迅速點頭的梅利達，臉上已經感覺不到一絲脆弱的模樣了。

## 8

「木綿季，可以了嗎？」

聽見從擴音器傳出倉橋醫生的聲音，回答了一聲「請吧！」後，分隔有紀所在的無塵室與隔壁觀察室的瞬間調光玻璃就立刻變成透明。

幾乎跟通道一樣的狹窄房間裡，可以看見不跟平常一樣穿著無塵衣而是白袍的倉橋醫生、穿著睡衣的蘭，以及坐在輪椅上的一名宛若少年般的女孩子。

「……生日快樂，有紀！」

首次在現實世界聽見的梅利達的聲音，只比虛擬世界稍微沙啞了一點。淡綠色毛帽下的臉相當瘦削，肌膚也是一片蒼白。但是大大的眼睛帶著強烈的光輝。

「謝謝……謝謝妳，梅利達。」

雖然禁止觸碰玻璃，但有紀還是盡可能把身體靠近並且這麼回答。結果梅利達也推著輪椅前進了數十公分，在臉幾乎快碰上厚厚調光玻璃的情況下露出微笑。

「蘭和有紀都跟虛擬世界的妳們好像……抱歉，雖然給妳們帶了花來，但是聽說不能拿到那個房間裡。」

如此說著的梅利達，膝蓋上確實放著一束小小的花束。

「沒關係啦，能夠像這樣看見我就很滿足了！真的很漂亮……太謝謝妳了，梅利達。」

有紀急忙道完謝後，梅利達就從花束底下伸出右手來靠到玻璃附近。她的手上似乎拿著什麼小東西，有紀則一直把視線放在輕輕握住的拳頭上。

「那個……有紀還有蘭。我用一個約定來代替禮物吧。我……再也不會說想到那個世界去了。這個就當成證明。」

抬起左手的梅利達，從右手抓出一片薄薄的四角形物體——記憶卡。

有紀的眼睛清楚地看見標籤上米粒大小的文字商標。

Sword Art Online。

閉著眼睛的梅利達嘴唇輕啟。麥克風雖然沒有收到聲音，但有紀的耳朵確實聽見「再見」的聲音。

梅利達的手指用力，開始微微震動——最後記憶卡發出細微的「啪嘰」聲並且斷成兩半。

結果由警察廳訂立的ＳＡＯ事件受害者的NERvGear強制解除計畫並沒有實行。因為在計畫的準備完成之前遊戲就被完全攻略，大約有六千名生存者回歸到現實世界。

那是有紀和蘭的十四歲生日，以及公會「沉睡騎士」組成當天又過了約半年之後的事情。

（完）

# 後記

謝謝大家閱讀Sword Art Online刀劍神域第22集〈Kiss and fly〉。

本書是繼第8集〈Early and late〉以來的短篇集，收錄了四篇作為動畫的藍光光碟＆DVD用特典小說的新故事。對於購買實體光碟的各位很不好意思，但因為是學生很難下手購買的價格，所以只選擇發售後經過數年的故事作為文庫本來出版。還請各位多多見諒！

稍微再提一下本書的標題。所謂「Kiss and fly（zone）」是歐美機場內送行車輛專用的停車區，似乎是「互相親吻後起飛」的意思。當然本書裡不會出現飛機與機場，但「Kiss」這個單字代表艾恩葛朗特內甜蜜的日子，「Fly」這個單字則是代表阿爾普海姆裡令人雀躍的冒險，整體則代表著「下次見面之前短暫的別離」。

這次重新看原稿時，發現我竟然不是很討厭創作短篇。基本上我很不擅長收尾，本篇的故事是一連串的「待續」「待續」。相對地，在三十到五十頁稿紙內必須完成起承轉合的短篇不知道為什麼就能按照預定在篇幅內結束……說不定這是我把ＳＡＯ的短篇當成「1任務」的緣故吧。那可能真的是遊戲內的任務，也可能是現實世界裡襲來的困難，不過我也重新體認到，描寫挑戰一個門檻並且加以克服的模樣果然還是故事的基本。

今後桐人、亞絲娜他們以及身為作者的我和各位讀者一定還會遇見無數的困難，但是只要不慌不忙地一個一個面對，就一定能夠克服才對。在檢查這篇後記的責任編輯先生面前應該也擋著出版日程表這道高牆，不過還是希望他能夠順利克服……！（可以聽見「還不都是你害的」這樣的吐嘈了……）

最後，本書是第22集的話，那麼第21集〈Unital ring〉的後續怎麼辦呢？我想大家應該都會這麼想吧，不過隔不了多久應該就會出版的第23集就會回到Unital ring的世界了。這一邊也要請大家多多指教！

二〇一九年九月某日　川原 礫

國家圖書館出版品預行編目(CIP)資料

Sword Art Online刀劍神域. 22, Kiss and fly / 川原礫作 ; 周庭旭譯. -- 初版. -- 臺北市 : 臺灣角川, 2020.07

面 ;　公分

譯自 : ソードアート・オンライン. 22, キス・アンド・フライ

ISBN 978-957-743-871-3(平裝)

861.57　　109006775

Kadokawa
Fantastic
Novels

# Sword Art Online刀劍神域 22

## Kiss and fly

（原著名：ソードアート・オンライン 22 キス・アンド・フライ）

2020年7月30日 初版第1刷發行
2022年9月5日 初版第2刷發行

作　者：川原 礫
插　畫：abec
日版設計：BEE-PEE
譯　者：周庭旭
發 行 人：岩崎剛人
總 編 輯：蔡佩芬
副總編輯：朱哲成
美術設計：李思穎
印　務：李明修（主任）、張加恩（主任）、張凱棋

發 行 所：台灣角川股份有限公司
地　址：104台北市中山區松江路223號3樓
電　話：（02）2515-3000
傳　真：（02）2515-0033
網　址：www.kadokawa.com.tw
劃撥帳戶：台灣角川股份有限公司
劃撥帳號：19487412
法律顧問：有澤法律事務所
製　版：尚騰印刷事業有限公司
ISBN：978-957-743-871-3



---

SWORD ART ONLINE Vol.22 Kiss and fly

Edited by 電撃文庫
First published in Japan in 2019 by KADOKAWA CORPORATION, Tokyo.
Complex Chinese translation rights arranged with KADOKAWA CORPORATION, Tokyo.